Marzo 2020 © Informapress, Pistoia

https://www.informagiovani-italia.com
https://www.facebook.com/Informagiovani.Italia

https://www.informagiovani-italia.com/biorgrafie.htm

25 racconti

Grazia Deledda

Sommario

Piccola biografia   5

I.   16

IL FANCIULLO NASCOSTO   17

IL TESORO   32

SOTTO L'ALA DI DIO   40

LA PARTE DEL BOTTINO   48

LA PORTA STRETTA   56

LA MARTORA   64

IL PADRONE   74

RITORNO   82

IL PRIMO VIAGGIO   89

LA VESTE DEL VEDOVO   95

IL VOTO   107

L'USURAIO   115

LA CROCE D'ORO   121

DRAMMA   130

QUELLO CHE È STATO È STATO   139

LA POTENZA MALEFICA   148

L'AUGURIO DEL MIETITORE   154

LA CASA MALEDETTA   159

IL CUSCINO RICAMATO   168

LO SPIRITO DEL MALE   175

SELVAGGINA 184

LA FATTURA 192

FIABA 200

UN UOMO E UNA DONNA 205

LE PRIME PIETRE 216

Piccola biografia

Grazia Deledda, prima e al momento unica donna italiana ad aver vinto il **premio Nobel per la letteratura**, nacque a Nuoro, in Sardegna, il 27 settembre 1871, quinta di sette figli (cinque femmine e due maschi in tutto). Venne battezzata **Grazia Maria Cosima Damiana Deledda**. È un'opera, un'arte quella di Grazia Deledda, che sulle prime può sembrare a margine rispetto al quadro della nostra narrativa, alle sue correnti più qualificanti, ma non è così, lo attestano le continue riedizioni dei suoi romanzi e delle sue novelle.

La sua vita e i suoi scritti sono profondamente legati alla Sardegna, la sua terra. Proveniva da una famiglia agiata: il padre, **Giovanni**

Antonio (noto Ziu Totoni), era un uomo di sicuro intelletto, studente in legge, amante della poesia, possidente terriero, e quindi sindaco di Nuoro (nel 1892); la madre, **Francesca Cambosu**, appariva come una donna schiva, a tratti severa, devota alla famiglia e poco consona alla vita sociale del paese, come l'usanza del periodo d'altronde dettava (vestiva con il tipico costume nuorese della sua epoca, e non leggeva, né scriveva, né parlava l'italiano, ma solo la lingua locale), *"una vera donna sarda, coraggiosa, onesta, il pilastro della nostra casa"*, come ebbe modo di dire la stessa figlia.

"Mutiamo tutti, da un giorno all'altro, per lente e inconsapevoli evoluzioni, vinti da quella legge ineluttabile del tempo che oggi finisce di cancellare ciò che ieri aveva scritto nelle misteriose tavole del cuore umano". (Versi e prose giovanili, G. Deledda, 1938).

La prima casa della famiglia Deledda fu un piccolo appartamento, registrato in via Su gutturu 'e fureddu, n 68, la strada principale della Nuoro di metà Ottocento (quella che separava la parte nuova della città, degli agricoltori, dalla più antica, usata dai pastori). La scrittrice nacque in questa via, e ci visse fino a circa due anni d'età, quando la nuova casa più grande non fu pronta ad accogliere la famiglia diventata più numerosa.

C'è da dire che la letteratura era già di casa nella famiglia Deledda, tanto che la piccola Grazia sin da piccola poté approfittare di lezioni private d'italiano, latino e francese. Proseguì poi gli studi da autodidatta, perché alle femmine

all'epoca non era consentita l'ulteriore istruzione.

Nonostante il bene profondo per la madre, era chiara l'idea che mai avrebbe voluto vivere una vita come la sua, e di sicuro l'ammirazione che provava per il padre era comunque inequivocabile. Dal padre, Grazia aveva ereditato la curiosità intellettuale e con il padre aveva dato vita ad una serie di dibattiti letterari, piuttosto rari nella Nuoro dell'epoca, città di non alta risonanza culturale a livello italiano, non fosse per alcuni altri importanti artisti quali **Francesco Ciusa**, **Sebastiano Satta**, e ancora **Ballero**, **Gallisay**, **Dessanay** e **Giacinto Satta**.

Ancora giovanissima, conobbe **Enrico Costa**, letterato sassarese, nonché scrittore, storico e archivista, che divenne figura fondamentale nella vita letteraria della giovane Deledda. Fu così che, appena 17enne pubblicò dei racconti per alcune riviste nazionali ('*Sangue sardo*' scritto nel 1888 tra questi), per iniziare in qualche modo un primo contatto con il mondo letterario italiano. Si appassionò in particolare alla letteratura russa. Scrisse un romanzo a puntate, '*Memorie di Fernanda*', e diversi novelle, tra cui a Milano una serie di dedicata all'infanzia '*Nell'azzurro*'. Del 1895 è il suo romanzo '*Anime oneste*', del 1896 '*La via del male*', del 1897 '*Paesaggi sardi*'. Dopo questa prima esperienza, Grazia aveva capito quanto fosse importante trovare il modo per promuovere il proprio lavoro, e fu così che creò una sorta di gruppo 'epistolare', dove cioè si potevano coltivare relazioni e dove soprattutto il suo ruolo nel mondo letterario potesse ottenere il consenso più alto.

Nonostante il suo fisico minuto (la sua statura non superava il metro e 54 cm), la caparbietà e l'ambizione erano di sicuro punto cardine del suo carattere. Questo la portò a lasciare l'isola, quando insieme al marito, **Palmiro Madesani**

(un mantovano, funzionario del Ministero delle Finanze che poi diventerà suo agente letterario, conosciuto nel 1899 a **Cagliari** e sposato solo dopo due mesi dal primo incontro), pensò di trasferirsi a **Roma** alla ricerca della fama.

Per molti, soprattutto per i suoi concittadini, la fama la ottenne raccontando uno spaccato isolano forse impensabile ai continentali: storie di donne sottomesse, di banditi, di vendette. Certo è che a Roma conobbe scrittori, artisti, critici, editori, anche se la sua riservatezza la tenne lontana dai salotti mondani. Ebbe due figli dal Madesani, Franz e Sardus, e produsse una ben vasta attività letteraria, tra cui *Il vecchio e la montagna* (1900), *Elias Portolu* (1903), *Cenere* (1904), *L'Edera* (1908), *Sino al confine* (1911), *Colombi e sparvieri* (1912), *Canne al vento* (1913) (la sua opera più conosciuta), *L'Incendio nell'Oliveto* (1918), *Il Dio dei venti* (1922).

I suoi erano scritti ormai così apprezzati che vi fu anche chi, come **Eleonora Duse**, interpretò un film (muto) ispirato ad una delle sue opere (in questo caso Cenere). Grande l'ammirazione tra gli intellettuali della sua epoca, nomi italiani come Verga, Pancrazzi, Baldini, Pirandello, giusto per nominarne alcuni, e stranieri come D.H Lawrence (che pure conosceva bene la Sardegna).

Nel 1926 le fu assegnato il Premio Nobel per la letteratura, "*Per la sua potenza di scrittrice, sostenuta da un alto ideale, che ritrae in forme plastiche la vita quale è nella sua appartata isola natale e che con profondità e con calore tratta problemi di generale interesse umano*".

Mori dieci anni dopo, nel 1936, a Roma, nella sua casa al numero 15 di **Via Imperia**, (all'epoca via Porto Maurizio), nel quartiere Nomentano, la stessa dove aveva ricevuto il messaggio del nobel, che aveva arredato in completo stile sardo, di cancro al seno, all'età di 64 anni, in un caldo giorno di Ferragosto. Lasciò all'Italia intera un imponente eredità di 32 romanzi, 250 racconti, 2 drammi teatrali, versi, un libretto d'opera, una raccolta di tradizioni popolari sarde, la sceneggiatura per il film tratto dal suo romanzo *Cenere*. La sua ultima opera è intitolata *La chiesa della solitudine*, del 1936; *Cosima*, venne pubblicata dopo la sua morte, nel 1937 così anche *Il cedro del Libano*, nel 1939. A Nuoro, oggi, la **casa natale di Grazia Deledda**, è adibita a museo. A migliaia di anni luce, un cratere di 32 km di diametro sul pianeta Venere porta il suo nome.

15

IL FANCIULLO NASCOSTO

Il complotto si fece, come tutte le riunioni importanti che i parenti Coìna dovevano avere fra di loro, se a queste era necessario che assistesse il nonno, appunto nella cantina del nonno Bainzone. Il nonno Bainzone era stato sempre un uomo giusto, di buona coscienza: ormai vecchio e quasi impotente passava i giorni accanto alla sua porta, come un idolo di legno messo lì a guardia della casa. Non parlava mai: passava il suo tempo a guardare e giudicare fra di sé la gente che attraversava la strada. Viveva con la figlia minore, Telène, vedova d'un ricco massaio, e col nipotino Bainzeddu figlio di lei; ma continuamente gli altri figli e i nipoti e i pronipoti lo visitavano, specialmente per chiedergli parere e consiglio in certi gravi casi di coscienza, salvo poi a non dargli retta. Ma il solo pensiero che egli sapeva ciò che essi volevano fare, anche se ingiusto, sopratutto se ingiusto, acquetava la loro coscienza: così se qualcuno li rimproverava essi potevano rispondere pronti: il nonno non ha detto niente. E questo bastava, per acquetare tutti. Da qualche tempo, però, il nonno non rispondeva neppure alle loro questioni: li guardava e li giudicava, fra di sé, come la gente della strada, e il suo silenzio li incoraggiava maggiormente. Tutti i giorni qualcuno di loro veniva: se la conferenza era di lieve importanza si svolgeva davanti alla porta; se no il nonno doveva alzarsi, aiutato dal parente, attraversare lo stretto androne su cui davano le porte della cucina e della *domo 'e mola*, la stanza della macina per il grano, scendere i sette scalini ed aprire la cantina. Nella cantina si poteva parlare con tutta libertà, senza essere ascoltati dai vicini di casa e dai passanti; e poi si beveva.

- Santone, coraggio, andiamo alla festa - gli diceva quel giorno battendogli lievemente le dita sulle spalle e conducendolo cautamente giù per i sette scalini Antoni Paskale, il più bello dei nipoti, un giovane alto e forte noto a tutti per la sua prepotenza.

Seguivano gli altri, dal passo pesante. Erano tutti vestiti di nuovo, e alcuni un poco alticci perché un pomeriggio di festa, il giorno della Pentecoste.

Il vecchio si lasciava portare, appoggiando la mano alla parete; ma il suo viso duro, nero, circondato da una grande barba giallastra che saliva fino alle tempia ove si confondeva coi capelli e con le folte sopracciglia a ricciate, e i grossi occhi gonfi, nerissimi, esprimevano una resistenza interna, un diffidare cupo, irriducibile. Giunti alla porta della cantina parve esitare, prima di trarre la chiave che teneva sempre con sé; poi accorgendosi che Antoni Paskale tentava di frugargli in tasca si decise, e aprì tastando con le dita la serratura per trovarne il buco. La porta era grande e solida come un portone, fermata a metà, di dentro, con un lungo gancio di ferro arrugginito; l'altra metà si aprì, ne uscì un odore di sotterraneo, di formaggio e di vino, e apparve l'interno misterioso. Per tutti quegli uomini e quei giovani forti che seguivano il nonno, il luogo era stato sempre ancor più misterioso e attraente d'un ripostiglio che esisteva nella casa di uno di loro, Paulu, il primogenito del vecchio Bainzone; si diceva che questi teneva là dentro nascosto un tesoro e perciò non dava mai a nessuno la chiave; si diceva poi che chi entrava con un dispiacere ne usciva allegro, e questo era vero perché c'era del vino forte e una provvista d'acquavite. Tutti i giovani, passando, toccarono il palo del gancio, col quale s'erano esercitati, da ragazzi, fuggevolmente, nei giorni in cui si rimetteva il vino e la porta rimaneva un poco aperta. La luce pioveva da un finestrino alto inferriato spandendo un chiarore argenteo sulle botti nere dalla faccia rossa, allineate come altrettante sorelle. Oltre le botti c'erano grandi orci e brocche, mensole, mucchi di oggetti smessi, scale a piuoli, e in un angolo un tino alto come una torre con sopra un pigiatoio a quattro anse ancora violetto di mosto.

Il primo a parlare, dopo che il vecchio sedette su uno scanno appoggiato al tino, fu Paulu il figlio maggiore, già pure lui anziano, coi capelli grigi. Gli altri si erano disposti qua e là, tutti in piedi però, chi appoggiato al tino ai lati del nonno, chi agli orci, coi visi illuminati da una luce vaga, lontana, che pareva più interna che esterna; un velo di pallore ove gli occhi sfolgoravano con più forte passione.

Solo Paulu dava le spalle alla luce: parlava quieto, rivolto al padre, ricordando con brevi parole la storia di una inimicizia che tormentava la famiglia. A causa di una eredità mal divisa i Coìna erano in lite con certi Bellu, parenti per parte di madre: i soliti orrori funestavano le due famiglie: sgarrettamenti e uccisione di bestiame, incendi, vigne e alberi divelti. Ancora non erano arrivati al sangue cristiano, ma erano sull'orlo dell'abisso. Ambasciate con minaccie di morte andavano e venivano tutti i giorni; e il vecchio Bainzone aveva un bel vigilare la porta della sua casa onesta; le fondamenta erano rose e tutto minacciava di crollare.

- Ecco, se volete sentire l'ultima, - disse Paulu, senza mutare tono di voce, - l'avvocato ha mandato a dire che fra giorni esce la sentenza della Cassazione, che sarà favorevole a noi. Juanne Bellu, il caporione, dice che se questo sarà, troverà bene lui il modo di correggere la legge. E allora, padre, - aggiunse, chinandosi un poco davanti al vecchio, - questa scorsa notte mi ha segnato la porta con una croce di sangue. Il designato sono io: il primo frutto maturo a cadere sono io, il vostro figlio primogenito.

Il vecchio teneva gli occhi ostinatamente chini a terra: con le mani nere appoggiate forte agli orli dello scanno pareva ascoltasse, sì, ma aspettando un momento opportuno per alzarsi e andarsene senza rispondere. Antoni Paskale lo guardava dall'alto; poi guardò in giro i parenti e a ciascuno fece un cenno un poco beffardo di no: no, non s'illudessero; il nonno non avrebbe mai acconsentito.

- Non c'è che un mezzo per salvarsi, - riprese il primogenito, chinandosi ancora di più sopra il vecchio, - far mettere dentro Juanne Bellu, finché esce la sentenza: così, se sta all'ombra, non si scalderà tanto.

Gli altri risero; il nonno non sollevò neppure gli occhi.

- Adesso ve lo dico, padre: ma non vi arrabbiate. Facciamo una cosa...

D'improvviso si sollevò senza poter proseguire: parve scoraggiato dall'attitudine del padre, e anche lui accennò di no. Forse la cosa pareva anche a lui impossibile. Ma

Antoni Paskale aggrottò le sopracciglia, come per una minaccia, finta però; e con la mano sull'omero del nonno gli si chinò un po' all'orecchio, dicendo con voce di scherzo:

- Nascondiamo Bainzeddu...

Il vecchio dovette capire subito di che si trattava perché arrossì e alzò l'omero per scacciar via con disprezzo il nipote: questi però calcò meglio la mano, e si sollevò scuro in viso. All'occorrenza era uomo da non esitare a essere forte anche contro il nonno testardo...

- Be', - riprese conciliante Paulu, - intendete di quello che si tratta, babbo! Non sono poi cose del diavolo! Nascondiamo dunque Bainzeddu spargendo la voce che dubitiamo ci sia stato preso e nascosto da Juanne Bellu, per vendetta Juanne viene messo dentro. Intanto arriva la sentenza, e lui, dentro, come dicevo, ha modo di masticare il pane del re e accorgersi che è molto duro. Avete inteso?

Il vecchio aveva finalmente sollevato gli occhi lucidi e duri come perle e guardava suo figlio; due volte allungò l'indice verso di lui, due volte le sue labbra violacee tremarono fra la barba bianca; ma non pronunziò parola: riabbassò la testa e tornò a fissare l'ombra ai suoi piedi.

- Il ragazzo, s'intende, lo prendo con me, in casa mia - concluse Paulu intimidito. - Ho quel luoghicino...

- Eh! Eh!

Qualcuno raschiò, qualche altro tossì; tutti sapevano del famoso nascondiglio della casa di Paulu; una casa antica che sua moglie aveva ereditato da uno zio ch'era stato lunghi anni bandito e s'era scavato quel nido come una talpa. Dunque non c'era da temer nulla per il ragazzo, che anzi avrebbe preso gusto a stare nascosto in quel "luoghicino". Eppure Antoni Paskale, per spirito di contraddizione cominciò a dire:

- Per me, lo porterei all'ovile, al monte, all'aria aperta: c'è modo di nasconderlo meglio lassù. Una volta, ricordate, babbo grande, stetti nascosto una settimana nelle grotte di Punta Marina; avevo otto anni! C'è acqua d'argento, là dentro, e il vento che brontola come in casa sua. Mentre una volta che sono entrato nel buco di casa vostra, ziu Pà, ho starnutito come un gatto.

Ridevano tutti. Un cugino, senza sollevarsi dall'orcio a cui stava appoggiato, domandò coscienziosamente se la madre del ragazzo sapeva del progetto e lo approvava.

- Lo sa! Lo sa! - disse con accento di noia un altro. - È una donna, Telène!

- E chi dice che è un uomo?

Pareva che, in fondo, non tutti fossero pienamente d'accordo: sapevano tutti, in fondo, che zio Paulu sotto la sua calma nascondeva una rabbia tremenda per quella croce di sangue trovata sulla sua porta e che cercava un pretesto qualunque per far mettere in carcere Juanne Bellu. Si prestavano al gioco pericoloso di lui, ma la coscienza li morsicchiava un poco, senza che essi vi badassero poi tanto, li morsicchiava lievemente come un gatto che scherza.

- Allora restiamo intesi così; voi, babbo, non fate osservazioni: è una cosa, poi, che farà bene a tutti. Io, stasera, mando mia moglie a prendere il ragazzo, o lo manda sua madre da noi per qualche commissione. Vedrete che la storia farà bene a tutti, così Dio mi giudichi - concluse cacciando i pollici nella cintura e sollevando il viso con soddisfazione. Gli pareva già di vedere il nemico legato e vinto. - È una cosa che farà bene a tutti.

- Allora, zio, tocchiamo il polso a quella donna panciuta.

La donna panciuta era la botte ove si conservava il vino migliore. Uno dei giovani andò e lasciò cadere il vino rosso spumante in una mezzina, e da questa cominciò a versarlo in un bicchiere che porse allo zio. Qualcuno lo spingeva di dietro e il vino traboccava sgocciolando fino a terra; gli altri giovani si davano dei pugni per scherzo e due cugini che si volevano molto bene stavano a guardare con le braccia gettate l'uno sul collo dell'altro. Antoni Paskale non aveva mai levato la mano dall'omero del nonno; questi però, quando il figlio gli offrì a sua volta il bicchiere sgocciolante, tornò a sollevare gli occhi; guardò Paulu dalla testa ai piedi e dai piedi alla testa, con le sopracciglia che gli tremavano per lo sdegno; poi si alzò dando un ansito che fece ammutolire tutti.

Cadeva la sera ed egli stava seduto davanti alla porta, silenzioso e accigliato. Dentro si sentiva ancora il rumore monotono della macina del grano e la voce esile di Telène che di tanto in tanto aizzava l'asino intorno alla mola: si lavorava ancora, dentro, sebbene fosse quasi sera e sera di festa.

Fuori, ad una estremità e all'altra della strada dritta, animata in quell'ora da torme di ragazzi, si vedevano due cime di monti, nera quella a destra sullo sfondo rosso del crepuscolo, azzurra quella a sinistra, sul cielo pallido, con una grande luna d'oro sopra. Ma come nelle altre sere Bainzeddu, con le sue brachine sporche e il corpettino di velluto lacerato, non si staccava dal gruppo degli altri ragazzini per avvicinarsi al nonno e cercare di strappargli il bastone con ambe le manine aspre, facendo forza indietro, coi bei dentini stretti e i grandi occhi azzurrognoli scintillanti sotto la frangia dei capelli selvaggi.

Il nonno però non s'inquietava; pareva sapesse che il ragazzo era già nascosto e aspettasse la fine dell'avventura. In tutto il pomeriggio non aveva aperto più bocca; neppure quando venne la nuora, sul tardi, per prendere il ragazzo, disse una parola.

Il ragazzo non c'era.

La madre, piccola e affaticata come una servetta, si affacciò alla porta per chiamarlo.

- Baì? Bainzé?

L'asinello, dentro, si fermò ascoltando. Il ragazzo non rispose. La madre tornò nella cucina, andò nel cortile, salì nelle camere di sopra.

- Bainzé? Bainzeddu?

Nessuno rispondeva.

Fu di nuovo chiamato nella strada, verso il monte nero a destra, verso il monte azzurro a sinistra: ogni volta l'asinello si fermava ascoltando, e nel silenzio della mola la voce della madre risuonava più forte.

Accorsero i ragazzi della strada, poi quelli dell'altra strada ancora; le donne si affacciarono alle porte e ai ballatoi; scesero e s'accostarono al nonno coi bambini lattanti in braccio.

Nessuno aveva veduto Bainzeddu; o, sì, tutti l'avevano veduto, chi la mattina, chi nel pomeriggio, chi pochi momenti prima, chi sopra un cavallo di canna, chi con una trottola in mano. Ma, per il momento, nessuno sapeva dove fosse. Le donne, si sa, cominciarono subito a fantasticare; i ragazzi ascoltavano curiosi, col dito dentro il naso; i bambini lattanti, profittando dello smarrimento generale, facevano il fatto loro tentando di strappare i bottoni della camicia o gli orecchini o anche i capelli delle loro mamme: solo il nonno guardava tranquillo, anzi con una lievissima aria di ironia: guardava e giudicava tutti, anche i lattanti.

Anche la piccola madre d'un tratto s'acchetò. Sapeva cosa pensare. Bainzeddu era già stato nascosto da Paulu, e la cognata era lì, alta e lieve, col bel viso giallo, composta e fredda come una santa di cera, con le mani entro le spaccature del davanti della gonna; era lì per cominciare la commedia. Era una donna brava a fingere, la cognata: non tutti però lo sapevano. Eppure la madre non poté resistere dal dire:

- Sarà venuto da voi, il mio Bainzeddu - e quando la cognata l'assicurò, davanti a tutti, che da tre giorni non vedeva il ragazzo, pensò: - Come sa fingere bene!

Lei non sapeva fingere così bene; era sicura che Bainzeddu stava dallo zio, tuttavia cominciava a sentire un misterioso tumulto in fondo al cuore.

- Babbo, babbo, - disse attaccandosi al vecchio, - l'avete mandato voi per qualche commissione da Paulu?

Egli alzò sdegnoso e infastidito l'omero per scacciarla come aveva fatto con Antoni Paskale, e movendo appena le labbra le disse una sola parola, ma una sola parola così atroce che la fece arrossire e drizzare sulla schiena.

Nella sua vergogna davanti a tutti ella comprese solo che aveva fatto un'imprudenza bestiale a chiedergli, davanti a tutti, se il ragazzo era stato mandato dallo zio. Nel suo segreto, però, in fondo all'anima, sentì qualche cosa di oscuro, un pentimento che non era solo per l'imprudenza commessa. Certo, il ragazzo era stato mandato dallo zio e là nascosto; ma non bisognava dirlo; bisognava saper fingere, ed ella si sforzò a fingere bene come la cognata, ricominciando a chiamare il ragazzo, avanzandosi di qua e di là per la strada, affacciandosi a tutte le porte e ai muricciuoli degli orti. E pure essendo oramai certa che il figlio era ben nascosto e contento nel famoso nascondiglio, provava angoscia a non ritrovarlo. La coscienza le balzava su, anche a lei, a morsicchiarla a tradimento come un gatto che gioca e poi si stanca di giocare e morde sul serio.

La gente tutta usciva sugli usci: domande fra curiose e ansiose correvano da un capo all'altro delle strade. Le donne chiamavano i loro ragazzi, paurose che anche essi fossero scomparsi. E la piccola madre, seguita dalla grande cognata il cui viso d'ambra s'era un poco sbiadito, afferrava i ragazzi al passaggio e domandava loro:

- Hai veduto il mio Bainzeddu?

Tutti lo conoscevano e lo avevano veduto: uno disse candidamente che forse era caduto nel pozzo, un altro che forse era giù in fondo al ciglione dietro la chiesa, dov'era il nido della civetta.

- Andiamo a cercarlo.

Andarono. E lo chiamarono dall'alto del ciglione; poi i più grandicelli e i più svelti scesero. Vi fu un momento di silenzio, durante il quale si udì distintamente giù nella valle l'usignuolo che cantava con tante variazioni che pareva fossero otto usignuoli.

La luna illuminava l'erba di velluto; e il parapetto dello spiazzo della chiesa, sull'alto del ciglione sembrava una montagna, con tutte le teste nere delle donne affacciate sul cielo d'argento. La madre e la cognata si spingevano a guardare dall'interstizio per lo scolo delle acque, in una posizione pericolosa: e aspettavano serie come se davvero i ragazzi dovessero ricondurre su Bainzeddu tenendolo per le braccia.

D'improvviso un uomo arrivò di corsa: si sentiva il suo ansito e qualche cosa battere entro le sue tasche. Si fermò di botto dietro le donne.

- Ebbene? E cos'è stato? Dov'è il ragazzo?

- È stato che è scomparso e non si trova Antoni Paskà! - disse la madre con rimprovero, pure guardando l'uomo in attesa ch'egli ammiccasse per rassicurarla.

Egli non ammiccò ed ella, d'un tratto, si mise a urlare chiamando il figliuolo.

- Me l'hanno portato via - gridava. - Me l'hanno nascosto i nemici. Che le loro viscere siano arse come stoppie!...

- Se qualcuno ha toccato il ragazzo guai all'ultimo dei suoi capelli - minacciò Antoni Paskale, levandosi la berretta e sbattendola contro il parapetto. - Donne, ritiratevi, ci penserò io.

- Come sa fingere bene! - pensava la madre, e per fingere bene anche lei, imprecò più forte.

La gente, intanto, accorreva da tutte le parti e un nugolo di ragazzi si versò sul ciglione, giocando e ridendo e chiamando Bainzeddu.

- Ti sei nascosto sotto una pietra?

- Ti ha mangiato la lucertola?

Ma le madri li chiamarono, colte a poco a poco da una vera angoscia, e quelle che riuscivano ad afferrare per mano i loro ragazzi li riconducevano a casa come se un pericolo li minacciasse. Una donna osò finalmente pronunziare un nome.

- Juanne Bellu, squartato sia...

Seguì un altro momento di silenzio generale; e di nuovo si sentì il canto dell'usignuolo.

Antoni Paskale spinse le zie per le spalle, verso casa, imponendo loro di tacere. E tutti, donne e ragazzi, seguivano, per la strada erbosa, neri alla luna come un gregge di ritorno dal pascolo.

A notte alta la madre e due vecchie parenti stavano nel cortile della casa, col portone socchiuso, aspettando. Il nonno s'era accovacciato sulla stuoia, in cucina, all'ombra del forno grande simile ad un *nuraghe*; e non si moveva, ma di tanto in tanto mugolava lievemente, come un mastino che prevedesse un assalto di nemici alla casa.

Il ragazzo non era ricomparso; e a poco a poco una strana follia aveva preso la madre. Ella credeva sempre che il cognato Paulu avesse nascosto Bainzeddu, come s'era d'intesa, ma che tutti fingessero, intorno a lei, per costringerla a rappresentare meglio la sua parte di madre disperata. E nello stesso tempo *sentiva* d'ingannarsi e il dubbio, anzi a momenti la certezza, che il ragazzo fosse scomparso davvero le toglieva la ragione. Allora un senso di vertigine la investiva; ma nel turbinìo dei pensieri uno gliene rimaneva fermo come un pernio intorno al quale si aggiravano tutti gli altri: che Dio la castigasse con quel terrore della sua malvagità di aver acconsentito all'intrigo infernale dei parenti.

Il peggio è che le donne rimaste con lei non sapevano nulla di questo intrigo ed erano convinte che Juanne Bellu avesse nascosto il ragazzo: e una proponeva alla madre di andare subito dalle autorità a denunziare il colpevole, e l'altra invece di supplicarlo a restituirle subito il figliuolo.

Ella già si rifugiava un poco in quest'ultima idea quando arrivò Antoni Paskale. Non correva, adesso, Antoni Paskale, ma il rumore dei suoi passi aveva qualche cosa di minaccioso. Si sentivano i chiodi dei suoi scarponi battere sul selciato; spinse con violenza il portone, e il suo viso, alla luna chiara come un sole d'argento, apparve bianco di dolore e d'ira repressa. La madre lo guardò e sentì freddo al cuore: *sentì* che il ragazzo era scomparso davvero. Da quel momento fu vinta da un delirio d'angoscia. Uscì nella strada e guardò qua e là, poi si mise a correre: Antoni Paskale la rincorse, l'acchiappò come una farfalla, con due dita sole, la riportò nel cortile, chiuse il portone, la spinse in cucina e chiuse la porta. Ma non si poteva parlare bene perché le parenti erano di fuori e ascoltavano.

- Nonno, - disse il giovane, - datemi la chiave di cantina: devo parlare con questa pazza: e venite anche voi, se volete.

Il vecchio, insolitamente, non fece resistenza; appoggiò la mano aperta alla stuoia e si alzò, nero, pesante, seguendo il nipote che aveva preso di sopra il forno il lumicino d'ottone; e scesi i sette scalini aprì.

Apparve la cantina, nera e fredda come una miniera: si sentiva il rosicchiare dei topi. La madre si appoggiò al gancio della porta, non potendo più andare avanti, ma cominciò a gridare inviperita:

- Se non mi dite subito la verità vado dalla Giustizia e dico tutto, e faccio buttare giù la casa di Paulu, che sia maledetta fino all'ultima pietra. Ditemi subito che il ragazzo è là: dimmelo subito, Antoni Paskà; ti dico di dirmelo!

I suoi occhi fosforescenti sembravano davvero quelli d'una pazza, tanto che il giovane, spaventato, ebbe per un attimo l'idea di dirle che il ragazzo era nel nascondiglio di zio Paulu; poi scosse vigorosamente la testa e affermò la verità.

- È inutile fare scandali, donna! Il ragazzo non si trova in nessun posto.

Ella cadde lunga distesa, col viso a terra, rigida come una spada; ma non era svenuta: piangeva e domandava perdono a Dio.

- Signore, Signore! Voi mi castigate bene. È giusto, è giusto... E voi, babbo, uccidetemi... passatemi sulla schiena col vostro calcagno...

Il vecchio guardava, nell'ombra, grande, con la sua barba lunga, terribile eppure umano come il Dio vendicatore dell'Antico Testamento. E Antoni Paskale non si vergognava di tremare, con un senso di freddo nelle ossa, ancora in sudore per le lunghe corse inutili fatte in ogni angolo del paese, e le ricerche nei pozzi e nei dintorni. Anche lui imprecava a bassa voce contro zio Paulu; e l'idea che i Bellu, saputo dell'intrigo, avessero fatto a tempo a nascondere davvero il ragazzo, per burlarsi più che per vendicarsi degli avversarî, gli dava un tremito d'umiliazione rabbiosa.

- Alzati, - ordinò alla donna, toccandole i piedi col piede, - non fare pazzie. Il ragazzo, certo, non è poi morto e lo si troverà. Bisogna piuttosto nascondere te, adesso. Alzati, perdio!

Telène si alzò a sedere, ma rimase accoccolata sul pavimento, con le spalle gonfiate da un continuo singultare infantile.

Il nonno intanto aveva cambiato posto al lume, deponendolo sopra il coperchio d'un orcio; e accanto il tino alto con le ombre delle stanghe del pigiatoio sembrava un molino a vento. D'un tratto egli batté tre volte col bastone, sul tino; e dentro i colpi echeggiarono come in una casa vuota. Allora quei due, la donna e il nipote, credettero di sognare. Il visetto diabolico di Bainzeddu si affacciava nel vuoto fra l'orlo del tino e l'arco del pigiatoio: e rideva, nell'ombra, come la luna nella notte. La madre lo guardava di giù, a bocca aperta, abbagliata: Antoni Paskale si curvò di qua e di là per cercare qualche cosa da buttargli contro: non trovando altro gli scagliò la berretta che rimase attaccata all'anta del pigiatoio.

IL TESORO

Quell'anno il contadino Gian Gavino Alivesu seminava il suo grano intorno alle rovine d'una chiesa, vicino al mare. Era un terreno aspro, duro da lavorare, e sebbene l'avesse avuto quasi per niente Gian Gavino si pentiva d'averlo preso. Ogni tanto, in quei pomeriggi ancora caldi d'autunno, dopo aver sudato a estirpare qualche grossa radice di lentischio o a buttare lontano dei sassi, si sollevava con la mano sulla schiena e guardava la linea verde del mare pensando che, dopo tutto, la miglior vita è quella degli eremiti. La leggenda ne faceva morire uno lì, fra le rovine della chiesa, uno che era campato centosette anni e nessuno, del resto, lo aveva veduto morire; tanto che Gian Gavino, ancora adolescente e di cuore semplice, a volte zappava piano per timore di ritrovarne e disturbarne le ossa. Sì, pensava curvandosi di nuovo sulla sua zappa, la vita degli eremiti è la migliore. Che fanno gli eremiti? Niente: mangiano quello che trovano, come gli uccelli, dormono e non cadono in peccato; pace in terra e pace nell'altro mondo. Anche i ricchi, per esempio, non fanno niente, è vero: ma e i peccati che commettono? Se sono gente di cuore buono, timorati di Dio, finiscono anche loro col cercare la solitudine e la povertà, come il suo omonimo, per esempio, l'antico avvocato don Gavino Alivesu (non erano parenti), che dopo aver studiato e dopo aver mangiato denari e conosciuto molte terre lontane, adesso viveva solitario, sempre chiuso nella sua casa, eccola laggiù all'orizzonte, bianca, alta quasi come il campanile sopra la linea sfrangiata delle casupole del paesetto. Per guardare meglio laggiù il piccolo contadino si solleva ancora fra i sassi e le radici dei lentischi arsi, con la mano sulla schiena. La fatica è ben rude: ma del resto è Dio che comanda di lavorare. Il sole però scompariva tra i vapori rossi sopra il confine del litorale già triste di sonno, ed egli pensò che era bene riposarsi anche lui. Fretta non aveva, ricco non voleva diventare: a che serve la ricchezza? A prender moglie? Le donne non lo volevano, così semplice, brutto e orfano come era: ricco lo avrebbero voluto per i soldi, non per amore, e sempre si tornava al peccato: eppoi le donne sono brave a mangiar denari, e anche la leggenda diceva che l'eremita era scappato dalla Spagna e venuto nella costa solitaria per causa di una donna; e anche don Gavino Alivesu, sebbene avvocato, era stato, dicevano, maltrattato dalle donne. Tant'odio aveva concepito di loro che, dopo essersi ritirato nella sua bicocca, non voleva più vederle neppure dipinte: riceveva solo uomini, uomini che andavano a domandargli consiglio. Dapprima erano pareri per le loro liti e le loro questioni; poi lo avevano a volte pregato di fare da paciere e definire all'amichevole qualche controversia; poi col tempo egli era diventato la coscienza del paesetto e tutti ricorrevano a lui come ad un uomo di Dio, superiore alle falsità umane, certi della sua verità e sopra tutto del suo segreto e del suo fermo consiglio. Anche le donne mandavano da lui gli uomini, poiché non potevano andarci loro, e la fattucchiera del paese aveva perduto quasi tutta la sua clientela.

Gian Gavino però non lo conosceva neppure di vista; non aveva mai avuto bisogno di consigli, e di solito si rivolgeva a Dio quando gli occorreva qualche piccola cosa. Del resto da qualche tempo si parlava poco di don Gavino Alivesu; la gente oramai ha pochi scrupoli di coscienza, anche perché si commette meno il male; si va in America, si ha bisogno del passaporto, del foglio di via pulito, e per fare fortuna, oramai, bisogna essere onesti.

Se Gian Gavino pensava al nobile solitario era perché nella sua fantasia lo vedeva accanto all'eremita della chiesetta, seduti entrambi in riva al mare, giù fra gli scogli battuti dall'onda e dal volo dei gabbiani e delle aquile marine.

Così, dopo aver guardato di nuovo verso il mare, ritirò la zappa che aveva ficcato sul suolo duro. E con la terra smossa vide venire su come un grosso seme giallognolo schiacciato. Lo raccolse, lo guardò sulla palma della mano e sentì le ginocchia piegarsi e tremare come gli avessero dato un colpo forte alla schiena. Sì, era una moneta d'oro.

Tutto cominciò a girargli attorno; il mare andava di là verso il paese, il paese verso il mare; e in tanta confusione egli con le ginocchia a terra scavava scavava, con le mani e con la zappa, raccogliendo dalla terra smossa le monete che venivano sempre fuori come da una sorgente nascosta. Se ne pienò le tasche, se le buttò in seno: poi le depose sull'orlo della buca e continuò a scavare, ansante selvaggio; adesso, no, non la sentiva più la fatica, avrebbe passato così tutta la vita, piegato nella penombra, col sudore che gli pioveva giù lungo le guance e cadeva fino alle viscere della terra.

Ma a una certa profondità non vennero più fuori che dei cocci di creta nerastra che a toccarli si rompevano e si scioglievano in polvere: egli tuttavia cercava, cercava, affondando il braccio fin dove poteva, col petto a terra e il viso tragico rivolto ad occidente. Quando si convinse che non c'era più nulla sedette sulla terra smossa, con le monete in mezzo alle gambe, e infantilmente cominciò a contarle. Erano tante e tante, tutte d'oro. Bastava pulirle della terra e sfregarle con una foglia per farle luccicare. Dove metterle? Riprese i cocci e tentò di rifare la brocca: ma subito si accorse ch'era diventato come pazzo e sospirò profondamente.

Per giorni e giorni tenne il tesoro nascosto nella sua *tasca* di cuoio: ma aveva paura che glielo rubassero e ci dormiva sopra, o meglio, pensando a quello che doveva fare, non dormiva più. Non tornava più in paese per paura che gli venisse la tentazione di spendere una moneta e così rivelare il suo segreto e sottoporsi al pericolo che il tesoro gli venisse preso. Aveva paura della Giustizia: sapeva che i tesori appartengono in parte al padrone della terra ove sono stati ritrovati e in parte al Governo: così a lui avrebbero dato una minima parte e tutti avrebbero riso di lui. E aveva paura delle donne, il fuoco le avvampi, che si sarebbero gettate su lui come le aquile marine sugli agnelli smarriti nella landa. E più di tutto aveva paura dei parenti presso cui viveva e che sempre lo avevano deriso come un semplice, un buono a niente. Voleva dimostrare a loro, o meglio a sé stesso, che era furbo come gli altri, che anzi era più furbo degli altri. Così mangiava poco per conservare il più a lungo possibile la sua provvista e non essere costretto a tornare in paese: e lavorava con la *tasca* di cuoio infilata alle braccia sopra le spalle. Ma un giorno le provviste finirono ed egli dovette tornare in paese. Così gli venne in mente di domandare consiglio a don Gavino Alivesu.

La casa di don Gavino Alivesu era sempre aperta a tutti: una scaletta esterna conduceva dal cortile erboso solitario al piano superiore, e Gian Gavino salì dritto col suo carico, senza chiedere permesso. Si trovò in una stanza nuda, col soffitto di legno ov'era aperta una botola attraverso la quale si vedeva il soffitto della stanza superiore: e stette a guardare col viso per aria come Giaffà, il semplice della novella sarda, quando sua madre gli buttava dalla finestra le fave con le quali si nutriva. Sì, tutti erano ricevuti da don Gavino Alivesu: ma come facevano ad arrivare fino a lui?

- Ohooo! Gente?

Allora fu mandata giù per la botola una scala a piuoli ed egli vi si arrampicò traballando, col suo carico sulle spalle. Invece dell'eremita con la barba bianca vide, appena messa fuori la testa dalla botola, un uomo giovine ancora, grasso, con la barba nera intorno al viso bruno e ardente, che scriveva seduto a un tavolo accanto alla finestra aperta dalla quale si vedeva la landa fino al luogo dove Gian Gavino seminava il suo grano. Il mare sembrava lì vicino, fra un libro e l'altro sopra la tavola.

Ma quello che più meravigliò Gian Gavino fu di vedere una donna alta e forte, una gigantessa pallida, che rifaceva il letto e a un cenno del padrone di casa scese giù per la botola raccogliendosi le gonne intorno alle gambe. Era una straniera che Gian Gavino qualche volta aveva veduto a cavallo, sola, nello stradone; che andasse a fare egli non sapeva perché non s'era mai curato dei fatti altrui: ad ogni modo forse don Gavino Alivesu aveva cambiato parere riguardo alle donne.

Ma quando il solitario, volgendosi un poco con la penna in mano gli domandò: - Che vuoi? - egli aprì la bocca ma non poté parlare. No; non poteva. L'uomo che era davanti a lui con la penna in mano rassomigliava a tanti altri, al Sindaco, per esempio, di cui era parente, al Medico, al signor Pretore. E perché scriveva? A chi scriveva? Gian Gavino ricordava d'essere stato una volta a Nuoro, come testimone, ed era stato ospite nella casa del padrino d'un suo parente, e nel cortile, alla sera, aveva raccontato una storiella alle serve e alle ragazze sedute al fresco: ebbene, una di queste ragazze, che scriveva, aveva poi stampato la storiella sul foglio; e nel paese l'avevano letta, il maestro e il pretore, e avevano riso di lui, Gian Gavino, e anche di lei, della figlia del padrino del parente. No, egli aveva paura della gente che scriveva.

- Ma, dunque? - domandò il nobile solitario, con pazienza, guardandolo bene in viso coi suoi begli occhi neri vivaci. - Che vuoi?

- Niente, mi scusi, mi perdoni del disturbo. Volevo... volevo domandarle, chi è quella donna?...

Accennò con la testa alla botola, ammiccando un poco: e l'uomo rise come un fanciullo mostrando tutti i suoi denti bianchi lucenti.

- Ho capito - disse rivolgendosi verso il tavolo.

- Chi è? Chi è? - insisteva ammiccando Gian Gavino.

- Oh per questo è una brava donna: è vedova, ha qualche cosa. Viene ogni tanto qui per consultarmi per una sua lite. È di buona gente, ma credo che se vorrà riprendere marito i suoi parenti non le metteranno impedimento. Bravo, bravo. Vuoi che la chiami?

- No, ci parlerò io, se la vossignoria permette...

- Bravo, bravo. Di quali sei tu? Fai il massaio o il pastore?

- Il pastore - disse Gian Gavino.

Non sapeva perché aveva paura di quell'uomo, di quegli occhi neri il cui sguardo lo percorreva tutto e pareva penetrasse anche dentro la *tasca*.

- Stia con Dio - salutò in fretta, indietreggiando fino alla botola: e se ne andò, ma il nome di Dio gli dava come un senso di tristezza.

Ecco che peccava: aveva mentito, aveva diffidato di quell'uomo benefico, aveva finto d'interessarsi a una donna straniera, a una vedova sola che infine non lo molestava. Tornato giù la vide immobile come ad aspettarlo in fondo alla scaletta, fissandolo coi suoi enormi occhi di gigantessa. Gli sembrò che ella avesse ascoltato e sentito ogni cosa, e arrossì passandole davanti e salutandola appena con un cenno del capo.

Ma mentre se ne ritornava alla sua solitudine, col suo carico sulle spalle e mille inquietudini in cuore, la rivide. Forte, calma, seduta a cavalcioni su un piccolo cavallo rosso, ella fissava davanti a sé lo stradone litoraneo; raggiunto Gian Gavino mise il cavallo al passo e guardò il giovine dall'alto; ed egli arrossì una seconda volta. Così fecero amicizia. Ella parlava bene e non rideva mai; raccontava che non aveva paura a viaggiare sola anche di notte: e se occorreva si travestiva da uomo, e una volta era stata fermata dai banditi; ma fidando in Dio si va avanti sempre incolumi.

- E tu, - gli chiese dall'alto, - perché hai chiesto di me? Che intenzioni avevi?

- Buone. Ma... è che ti avevo veduto a cavallo e mi sembravi meno alta. Io sono troppo basso per te.

- Davanti a Dio siamo tutti della stessa statura.

Era la prima donna che gli parlava così, ed egli si sentì battere il cuore, ma il palpito si ripercoteva fin dietro la spalla sotto la tasca dura del tesoro ed egli diffidò di nuovo. Forse la donna sapeva e gli faceva la corte per i suoi denari.

Quando si lasciarono la seguì con gli occhi tristi; e nella notte inquieta ebbe l'idea di nascondere il tesoro nei crepacci della scogliera dove non arrivavano che le aquile marine. Era sempre in tempo a riprenderlo dopo che la donna, se era proprio come si dimostrava, lo avesse voluto povero. S'incamminò dunque: era una notte d'autunno, azzurra, chiara di luna, con un grande serpente d'oro dentro il mare, e sotto la scogliera a picco l'acqua immobile che sembrava latte. Fin da bambino egli conosceva i crepacci dove le aquile fanno il loro nido e non tardò a trovarne uno adatto per lui: vi lasciò la tasca, ma tornando alla sua capanna si pencolava da un lato scuotendo la testa pensieroso, incerto, già pentito: e non poté dormire né aver pace finché all'alba non tornò per riprendersi il tesoro. Adesso tutto era azzurro e sangue nel mare e sotto la scogliera l'acqua era così ferma che rifletteva l'ombra dei gabbiani e delle aquile a volo.

L'uomo solo era tetro fra tanta calma; cercava cercava fra i crepacci, ma il sole sorse ed egli non aveva ancora ritrovato il tesoro; finalmente gli parve di vedere come un animale morto galleggiante lontano; e intese la verità. Le aquile credendo la tasca una bestia l'avevano portata via e poi lasciata cadere in mare.

E Gian Gavino se ne tornò e cominciò ad aspettare che la donna, almeno, ripassasse: ma la donna non ripassò mai più.

SOTTO L'ALA DI DIO

Gian Gavino Alivesu aveva finalmente risolto il problema che da tanti anni lo molestava: vivere in pace lontano dagli uomini e sopratutto dalle donne, senza troppo lavorare per sostentare il corpo e senza troppo mortificarsi per salvare l'anima. A trent'anni era ancora selvaggio e semplice come da ragazzino quando aveva paura del diavolo ma anche di Dio. Un tempo, anni prima, arando un terreno per seminarvi il grano, aveva trovato un tesoro e lo aveva buttato in mare a causa di una donna: era però una storia che gli sembrava un sogno e neppure osava raccontarla perché ne sentiva tutta la parte assurda e ridicola. Veramente il tesoro egli non lo aveva buttato; l'aveva nascosto fra gli scogli, in una costa selvaggia, entro una *tasca* di cuoio: e le aquile marine, credendo la *tasca* un animale, l'avevano presa e poi lasciata cadere in mare. Gian Gavino avrebbe potuto anche riprenderla, poiché per molti giorni l'aveva veduta galleggiare appunto come un animale morto; ma aveva paura dell'acqua, non sapeva nuotare e il luogo era deserto. Aveva anche, dopo, percorso più volte la costa con la speranza che il mare rigettasse a terra il tesoro: in ultimo s'era rassegnato; ma conservava nel cuore un fondo di rancore, una diffidenza terribile contro le donne. Ancora adesso, seduto sullo scalino della chiesetta di cui era *eremitano*, cioè guardiano senza compenso, fissava la linea del mare che si alzava e si abbassava al vento lieve di levante respirando come un petto umano, e respirava anche lui, così, al ricordo delle sue vicende andate, pensando che finalmente il diavolo lo lasciava in pace. Ma bastò che volgesse gli occhi alla brughiera, tutta palpitante anch'essa nel caldo mattino di giugno, per accorgersi del suo inganno. Appunto una donna, malanno le colga tutte, s'avanzava nel sentieruolo giallo tra il verde, precedendo di qualche passo un carro trainato da buoi e coperto da una rozza tenda di sacchi.

La donna era ancora lontana, e si distingueva appena la sua figura nera con qualche scintillìo al petto e alla cintura; ma Gian Gavino la riconobbe subito al battito del suo cuore. Era proprio lei, Barbara Sau, la padrona di tutte le terre intorno e della chiesetta ch'ella aveva riedificato a sue spese sulle rovine di un'altra, le rovine fra le quali appunto Gian Gavino aveva ritrovato il tesoro.

Eccola che s'avvicina; è sempre lei, quale Gian Gavino l'ha conosciuta da ragazzo e poi da giovane quando andava a pagarle il fitto del *semenerio*, e poi da servo in casa di lei, dopo la morte di Battista Sau il marito: sempre agile, bella, alta, col viso roseo lucido entro la cornice nera della benda, gli occhi neri sfavillanti. Camminava rapida dondolando un po' il busto che pareva volesse staccarsi dai fianchi fermi e dalla vita sottile stretta da una cintura di lustrini neri; e in breve si lasciò di molto indietro il carro e fu davanti a Gian Gavino per avvertirlo di che si trattava.

- Si tratta di mia figlia, povera tortora; ha sempre le febbri e il dottore ci ha mandato qui per l'aria di mare. Allora tu, cuoricino mio, - come stai? Ti sei ingrassato, Dio ti guardi, - avrai pazienza e dormirai nella capanna che il servo ti aiuterà a costrurre; per pochi giorni noi abiteremo qui nella tua stanzetta.

Gian Gavino non s'era neppure alzato; e neppure la guardava; guardava l'erba ai suoi piedi e rispose con voce sorda:

- Ma che capanna! Al diavolo la capanna.

Non si commosse neppure nel veder tirar giù dal carro la ragazza, fina fina, lunga lunga, coi piedi e le mani inerti e il viso giallo segnato appena dall'ombra livida delle palpebre e della bocca angosciata. Stesa sul materasso e sui sacchi di lana che il servo aveva tirato giù dal carro e disposto all'ombra della chiesetta, parve più pallida e più morta sotto l'azzurro intenso del cielo: la madre, giovine e forte, la guardava con pietà; inginocchiata sull'erba le sollevava la testa e le accomodava le vesti intorno ai piedi immobili; ma non dimenticava le altre cose della vita e dava ordini al servo che si moveva con indolenza.

- Dopo, appena acceso il fuoco, farai la capanna per te e per l'*eremitano*.

Diceva «l'eremitano» con rispetto ma anche con lieve ironia; e col medesimo tono il servo si volse a Gian Gavino fermo sempre al suo posto.

- E muoviti, statua! La capanna è più per te che per me: a me l'aria fresca fa bene.

Cominciò a piantare i piuoli, dietro la chiesetta; ma infastidito dagli inviti ad aiutare, Gian Gavino si alzò e brontolò, allontanandosi:

- Al diavolo la capanna e voi tutti.

Non fu più veduto per tutta la giornata.

- Gesù mio, s'è offeso; ma come fare? La ragazza ha bisogno di riparo, - ripeteva Barbara: - d'altronde il tempo è caldo, ed egli non morrà stando all'aperto.

- E lascialo stare - disse il servo. - Tutti i santi son dispettosi.

- Sì, fa troppo caldo, per questa stagione - ella riprese, seduta accanto al servo sullo scalino della porta, mentre volgeva ogni tanto il viso a guardare la figlia assopita nella stanzetta dell'*eremitano*.

Infatti il vento era cessato ma lasciando l'aria calda e il cielo un po' torbido. Apparivano le stelle, lontane, rossastre, si respirava l'odore del mirto e dell'alloro selvatico, e il mare, in lontananza, pareva limasse la costa come un prigioniero di notte la sua inferriata.

- Però non lo credevo così dispettoso - raccontava la donna. - È poi anche ingrato. L'ho tenuto due anni in casa mia come un parente, e quando s'è ammalato, ricordi, tu non eri ancora al mio servizio, l'ho curato io con queste mani, e dopo la malattia, poiché era debole, lo tenevo al caldo e in riposo come un neonato. Come siamo stupide noi donne! E dopo volle andarsene, ed io gli permisi di stare qui finché voleva, e di seminare, anche, se vuole, senza mai chiedergli conto di nulla...

- Tu sei una donna di Dio; lo sappiamo tutti che sei una donna di Dio - mormorò il servo con ammirazione sommessa; ma ella trasalì, come si fosse scottata. Ah, anche Gian Gavino parlava così, un tempo: ed ella, adesso, si sentiva ferita se qualcuno l'adulava.

- Vattene a dormire - disse con voce dura; e l'altro obbedì.

Rimasta sola sperò ancora che Gian Gavino tornasse. Si dava pena per lui; gli serbava, in fondo, un'affezione materna: e nello stesso tempo lo odiava.

Finalmente rientrò e chiuse, ma prima di coricarsi prese l'ampolla dell'olio e andò per alimentare la lampada della chiesetta, attraversando la sagrestia che era attigua alla stanzetta e comunicava con essa. E ai piedi dell'altare, raggomitolato sul vecchio drappo giallo che serviva da tappeto, seduto sullo scalino, con la testa sulle ginocchia, vide Gian Gavino che dormiva e russava.

Fu per indignazione che lo toccò col piede per svegliarlo. Egli sollevò il viso e aprì gli occhi spaventati, ma si ritrasse ancora più verso l'angolo dell'altare, mettendo la testa sotto il lembo della tovaglia come per ripararsi. E continuava a guardare silenzioso la donna, sfidandola, ma nello stesso tempo pauroso di lei.

- Vattene subito fuori! Subito! - ella disse con furore. - Non ti vergogni? E tu sei il guardiano, e ti metti a dormire ai piedi dell'altare?

Intanto versava l'olio nella lampada, ma le mani le tremavano e l'olio calava torcendosi come un serpentello d'ambra.

Vinta dal silenzio e dalla paura di Gian Gavino, si calmò un poco e rise anzi, sommessa, chinandosi a guardarlo e a fargli un cenno col capo.

- Ebbene? E perché fai così?

- Sì, sì, - egli disse allora, - perché sapevo che venivi a molestarmi. Fin qui sei venuta! Mi vuoi riprendere... mi vuoi far ricadere nel peccato... Vattene via tu, diavola: sono sotto l'ala di Dio... io... Non mi toccare! Non mi toccare!

- Ah, pezzente! E chi ti tocca? Non parlavi così quando ti curavo ed eri senza nessuno come un cane randagio. Allora mi leccavi i piedi, e minacciavi di incendiare tutto, di rompere tutto se non diventavo la tua amica. E adesso ti metti sotto l'ala di Dio. Fuori! Subito! O chiamo il servo e ti faccio cacciar via a colpi di pietra...

Ma egli non parlava più, non si muoveva, col lembo della tovaglia sul capo. Allora la donna buttò per terra l'ampolla che si ruppe, e si aggirò due volte intorno a sé stessa, smarrita, come cercando qualche cosa che l'avvolgeva eppure le sfuggiva. L'umiliazione e la rabbia le davano una forza terribile: sospirò forte, guardò con occhi smarriti il Cristo che dietro il vetro della nicchia pareva perdersi in un'acqua profonda, e infine afferrò Gian Gavino per il braccio e lo tirò giù, giù, per i gradini dell'altare, per i gradini dell'abside, e come egli tentava di resistere afferrandosi alla balaustrata, gli staccò con le unghie le dita dal legno, e continuò a trascinarlo giù per la chiesetta, e arrivata alla porta ne fece saltare con l'omero la spranga e aprì con una mano sola senza lasciare con l'altra l'*eremitano*, anzi spingendolo col ginocchio e buttandolo fuori come un corpo morto. Egli cadde sull'erba dorata dalla luna sorgente, si alzò, barcollò di qua e di là come se la terra gli si bucasse sotto i piedi, e infine parve ritrovare l'equilibrio e si scosse tutto come un animale che si sveglia.

Barbara intanto aveva chiuso la porta, ansante per la sua vittoria, e provava voglia di ridere pensando che dopo tutto Gian Gavino s'era messo sotto l'ala di Dio per sfuggire alle tentazioni di lei; ma in fondo sentiva anche un po' di paura. Rimessa la spranga tolse la chiave e guardò dal buco della serratura. Egli era lì, davanti alla porta, e pareva la vedesse e l'aspettasse, truce, pronto alla vendetta.

Allora fu lei che andò a mettersi sotto l'altare: asciugò l'olio dal tappeto, raccolse i frantumi dell'ampolla, e con essi fra le mani molli d'olio s'inginocchiò e si mise a piangere. Il sudore che nello sforzo della lotta le aveva inumidito tutta la persona le si raffreddava addosso come un velo di ghiaccio, ed ella tremava d'umiliazione e di terrore perché sentiva che era ancora lei la più debole, la più bisognosa dell'ala tiepida di Dio.

LA PARTE DEL BOTTINO

Dopo mesi e mesi di siccità l'acqua del torrente era diminuita in modo che il molino di prete Maxia non funzionava più; e col cessare del suo palpito anche tutta la vita intorno per la conca della valle solitaria sembrava spenta. Dai boschi di castagni arrossati precocemente cadevano le foglie; una quiete fosca stagnava sul cielo sopra le creste boscose ove i profili di solito azzurri dei monti di Barbagia apparivano lividi come nei giorni d'inverno. Ma il cielo s'era finalmente coperto tutto di nuvole, quella sera, e don Peu, il fratello povero del proprietario del molino, steso sopra un castagno abbattuto, che col suo tronco e due rami uno di qua uno di là sembrava una croce, aspettava la pioggia, confuso col suo desiderio d'attesa col desiderio d'attesa di tutta la valle.

Cadeva la notte; qualche ansito di vento saliva e scendeva su e giù per il bosco, poi tutto taceva aspettando. Vaghi bagliori, che non erano ancora lampi, davano all'orizzonte oscuro come un riflesso di specchio mosso in lontananza: e don Peu pensava al mare laggiù, dalla parte opposta alla valle, e gli pareva che il cielo lo riflettesse. Anche il mare doveva essere in burrasca: tutto era in disordine e in burrasca, quell'anno, forse a causa della cometa e di terremoti lontani, come dicevano i vecchi giornali che egli aveva trovato nel forno del molino e rileggeva nella sua solitudine. Anche nella sua vita, quell'anno, tutto era stato siccità, carestia, burrasca: più che negli altri anni. Egli però aspettava che tornasse il sereno, dormicchiando giorno e notte sul tronco di castagno davanti al molino.

Gli pareva di vedere le donne coi cappucci rossi salire dal villaggio sedute a cavalcioni fra i sacchi di grano sui cavallucci così mansueti che parevano di legno; qualcuna smontava lì davanti, e mentre lui l'aiutava galantemente a tirare giù i sacchi, gli dava notizie del paese.

- Ho veduto suo fratello prete Maxia: è sempre più magro, pare non sia neppure padrone di un molino!

- A che serve tanta farina quando si digiuna?

- Anche i dispiaceri fanno dimagrire, don Peu mio.

- Mio fratello non ha dispiaceri - egli rispondeva ritrovando subito davanti alla donnicciuola la sua fierezza di nobile.

Sì, egli aveva dato sempre dispiaceri al fratello, fino a ridursi ad abitare al molino poiché non aveva altro rifugio, ma non permetteva a nessuno di giudicare i fatti di casa sua.

Poi il sogno cambiava; tornava la visione del mare in burrasca, poi quella di un piroscafo che tagliava l'acqua nera e densa come pece liquefatta. Un fragore terribile rombava intorno; la morte accompagnava i viaggiatori.

Si sollevò, tanto la visione gli faceva male: si mise a sedere sul tronco e si piegò su sé stesso, col cuore che gli batteva ancora. Eppure non c'era altro scampo, e anche suo fratello, nello scorso inverno, scacciandolo di casa, gli aveva detto:

- Vattene in America, va!

E gli aveva dato anche i denari per il viaggio: ma don Peu sognava il mare in burrasca, e pensava che un nobile non deve emigrare come un bracciante. Così i denari se n'erano andati prima che partisse lui, e non esisteva speranza che ritornassero.

Un rumore come di gocce sulle foglie secche lo richiamò; sollevò gli occhi e vide che anche ad occidente le nuvole travolgevano le stelle; la pioggia però non cominciava.

Il rumore si fece più rapido: era un passo d'uomo che saliva dal ciglione, e ben presto una figura alta, dura e compatta come un tronco, fu lì davanti.

- Diecu, sei già lì? E gli altri? - domandò: subito però si accorse di essersi sbagliato, e rimase un attimo incerto, guardando di qua e di là. Ma già altri passi facevano scricchiolare le foglie secche del sentiero, e presto altri due uomini apparvero. Erano tutti imbacuccati con lunghi gabbani, col cappuccio sul volto, armati. Don Peu s'avvide subito ch'era un convegno di malfattori.

- C'è questo qui - disse il primo venuto, ancora incerto. E due di essi s'allontanarono un poco e discussero.

Don Peu taceva, immobile. Non aveva paura, non aveva nulla da perdere; ma sapeva quello che l'aspettava. L'avrebbero travolto con loro come le nuvole travolgevano le stelle su nella notte burrascosa: l'avrebbero costretto a seguirli, complice forzato nella loro impresa, per non essere poi loro testimone a carico. No, non aveva paura, sebbene deciso a resistere: solo il cuore tornava a battergli, come dopo il sogno, quasi fosse la sola parte del suo corpo che tremasse un poco: ma il pensiero era lucido, la volontà ferma.

Anzi, mentre gli uomini confabulavano, egli pensava al fratello, e gli pareva di vederlo, seduto tranquillo e austero nella sua bella camera con le tende di raso, col breviario nero aperto sulle due mani bianche: ed egli si presentava, d'un tratto, come una mala visione, e diceva: e se io andassi con questi qui? Poi rideva, vedendo gli occhi spaventati del fratello.

Gli uomini si riavvicinarono, e il primo venuto gli toccò il braccio.

- Alzati e vieni con noi.

Egli non si alzò. Ma il tocco della mano del malfattore gli aveva dato un tremito a tutta la persona. In fondo aveva sperato che lo lasciassero in pace, e d'un tratto invece l'abisso s'apriva sotto i suoi occhi. La visione della camera tranquilla del fratello s'era sommersa, ma la figura del giovane prete rimaneva lì, davanti a lui, ferma, e adesso lo guardava e gli rispondeva:

- Tu non andrai, Peu: lasciati meglio uccidere.

- Alzati, dunque! - ripeté l'uomo, e gli altri due gli afferrarono le braccia, uno per parte, come per aiutarlo ad alzarsi.

Egli pareva diventato di bronzo.

- Ma non vedete chi sono? - disse finalmente, ritrovando la sua fierezza. - Sono don Peu Maxia, il fratello del prete.

Le sue parole risonarono nel buio, andarono a sbattersi contro gli uomini come contro i tronchi dei castagni. Tutti siamo eguali, davanti alla necessità del male.

- Alzati - ripeté per la terza volta l'uomo, conciliante e minaccioso nello stesso tempo. - Alzati.

E come don Peu non si moveva, gli altri due cominciarono a tempestarlo di pugni sulla testa e sulle spalle. Egli diede un grido che rimbalzò nella valle fra i gemiti del vento, ma tosto si sentì la bocca chiusa da una mano ardente. La voce del primo venuto ripeteva supplicando:

- Andiamo, don Peu; è necessario.

Allora si alzò, scuotendosi tutto come un cane frustato: gli pareva di portare sul collo un carico che era la sua testa rotta, e ogni pezzo aveva il suo pensiero diverso, ma tutti di odio, di umiliazione e di rabbia. Eppure la figura del fratello lo seguiva ancora, nera, imbacuccata anch'essa come per prendere parte all'impresa.

- Peu, - gli diceva, - buttati a terra, lasciati meglio uccidere. Ne hai fatto di tutti i colori, in vita tua: hai giocato, hai bevuto, sei stato il disonore della famiglia; ma questo no, questo non lo devi fare.

Egli ascoltava, ma seguiva silenzioso i malfattori e gli sembrava d'essere portato via prigioniero, contro la sua volontà.

Avevano disceso la valle e adesso risalivano, sotto il bosco. Al loro passaggio i cespugli si scuotevano odorando, ed egli sentiva dei tralci attaccarsi alle sue mani e morderlo come anch'essi in agguato pronti ad afferrare quello che potevano.

Poi il bosco cessò: e si fermarono. Egli riconobbe il luogo, un pascolo alto, chiuso da rocce, con l'ovile d'un ricco pastore. E l'ombra del fratello continuava a dirgli:

- Peu, getta un grido, almeno! Avverti il pastore dell'assalto. Forse Dio ti ha fatto venire per questo.

- Sì, sì - rispose continuando a camminare in mezzo ai compagni che s'erano più che mai stretti fra loro e procedevano come un corpo solo. - Sì, appena vicini alla capanna.

Ma quando furono vicini alla capanna, tutto intorno il luogo parve destarsi con un urlo tosto seguìto dal rombo d'un tuono. Era il mastino dell'ovile che abbaiava e il temporale che pareva precipitarsi giù dalle rocce per aiutare l'opera dei malfattori. Don Peu fu di nuovo travolto, preso in mezzo fin dentro la capanna ove il pastore e un suo servo urlavano anch'essi, dibattendosi contro gli assalitori. Egli si ritrasse tentando subito di tornare fuori; ma al barlume delle brage sparse vedeva il gruppo degli uomini davanti all'apertura della capanna dibattersi in un aggrovigliamento mostruoso, e non osava muoversi. Finalmente tutto parve placarsi: cessò l'ansito dei pastori buttati a terra, legati e imbavagliati, e solo la voce ansante e quasi supplichevole di uno degli assalitori, lo stesso che aveva pregato lui a seguirli, dire curvo sui vinti:

- Dammi i denari. So che li hai presi oggi. Dove li hai? Qui sotto l'ascella? Sta fermo: non ti faccio del male. Sta fermo, cristiano! Non farmi dannare l'anima.

Don Peu, veduta libera l'apertura della capanna, vi si era intanto accostato, ma non osava uscire, quasi avesse paura della pioggia che fuori scrosciava a dirotto. Il bagliore dei lampi illuminava a tratti l'interno della capanna coi tre assalitori protesi a frugare gli aggrediti e questi, coi capelli sul volto gonfio lucido di sudore, che si torcevano ancora e sbattevano i piedi sulla cenere sparsa tentando ancora di difendersi.

La voce del ladro disse:

- Ecco, ho trovato - e gli altri si sollevarono accomodandosi i cappucci sul viso.

- Ha trovato - pensò don Peu. - Quanto è? Quanto può toccarmi?

Ma tosto, come spinto da una mano potente, balzò fuori e si mise a correre sotto la pioggia. E sentiva quella mano misteriosa spingerlo, aiutarlo. Scappava non più per paura dei malfattori che adesso, riuscito bene il colpo, non l'avrebbero più molestato, ma per fuggire a sé stesso, alla tentazione di accettare la parte del bottino. Ancora pochi passi ed era nel bosco: ma al bagliore di un lampo vide un pastore che richiamato dagli urli del mastino accorreva in aiuto dei suoi vicini: s'incrociarono, parvero urtarsi; poi don Peu cadde, come urtato violentemente alle spalle, fra il rombo e la luce violetta di una fucilata.

Lo ritrovarono lassù al molino, steso crocifisso sul tronco del castagno ove di solito passava il suo tempo. I malfattori lo avevano trasportato lassù con la speranza che fosse solo ferito: ma appena giunti era morto. Pareva dormisse, dissanguato, stanco, con le vesti bagnate di pioggia e di sangue, dopo una lunga fuga. Era l'alba e una rete d'argento e di perle avvolgeva i castagni ancora gravi di umidità; le foglie concave dei bassi ontani intorno al morto erano piene d'acqua come piccole mani che si fossero protese a raccogliere la pioggia per conservarne un poco dopo tanta sete: e anche dentro la mano di don Peu stavano i biglietti di banca e le monete, parte sua giusta del bottino, che sebbene morto i malfattori avevano creduto in loro coscienza di lasciargli.

LA PORTA STRETTA

La giornata d'ottobre s'apriva così bella, azzurra e quieta, che tutti, anche i vecchi e le persone sofferenti, uscivano dalle loro case e scendevano le colline avviandosi alla chiesetta del Buon Cammino, in riva al mare, per la festa annuale, col viso rischiarato da una luce di gioia, gli occhi ridenti contro il sole, quasi andassero a una festa che non rompeva solo per un giorno la loro rude esistenza di lavoro e di povertà ma dovesse durare per tutto il resto della vita.

Le donne specialmente erano allegre; uscite da una continua clausura, invano tentavano di nascondere la loro gioia sotto la solita apparenza di riserbatezza melanconica, come chiudevano il volto pallido, il petto e le mani nella sottana scura che tenevano rigettata sulla testa a modo di scialle.

Scendevano giù in fila pregando, guardando dove mettere i piedi nel sentiero rotto, spesso attraversato da torrentelli che bisognava guadare alla meglio soltanto di pietra in pietra: allora la fila si fermava, e il prete che precedeva accompagnato dalla piccola sorella, da un loro parente, dal sagrestano e dal priore della festa al quale non mancavano neppure le chiavi per rassomigliare a San Pietro, si volgeva severo aspettando come il pastore aspetta lo sfilare del gregge.

Era severo, con le sue parrocchiane, prete Maxia: bastava che una di loro, varcato il torrente, sollevasse gli occhi neri sorridendo, o qualche altra si volgesse a rispondere ai gridi e agli scherzi degli uomini che correvano senza paura, loro, sui cigli erti del sentiero, perché egli pensasse che in tutte le donne, quel giorno, come del resto in tutti i giorni dell'anno, non esiste che desiderio di peccato, smania dei passi difficili, prontezza a correre per i sentieri friabili della vita e a cadere, a cadere, a cadere... Anche con gli uomini non era indulgente, prete Maxia; nelle sue prediche e nei suoi sermoni era anzi contro di essi, specialmente, che inveiva, trattandoli tutti come figliuoli prodighi, come emigrati che fossero partiti buoni e pieni di buona volontà e ritornassero miserabili, viziosi. A sentirlo, il paesetto tranquillo ove le donne vivevano recluse nelle loro casette come in piccoli monasteri e i giovani erano allegri solo nei giorni di festa dopo aver bevuto e giocato un poco fra loro a pugni come i ragazzi, era una nuova Sodoma, un covo di Filistei e di gente senza speranza di salvezza eterna.

Eppure le donne piangevano e gli uomini non protestavano nell'ascoltarlo. Un'ombra sorgeva fra lui e i fedeli, quando egli predicava: l'ombra del fratello di lui, don Peu, ucciso in una grassazione dopo una vita di tristi vicende: sventura e vergogna per cui prete Maxia era fuggito dal suo paese di montagna ed aveva scelto per esilio, trasformandolo poi in luogo di apostolato, il mite villaggio di collina.

Ma la gente qui dunque era tranquilla e se non si lasciava convertire non se la prendeva neppure troppo col giovine prete, anzi lo considerava con pietà. Eccolo lì, col suo gruppo di famiglia in esilio, la piccola sorella sedicenne, sottile e verdolina come una canna fresca, il parente devoto, anche lui infelice perché ha la moglie paralitica sebbene giovine, il buon parente che viene spesso a trovare il prete e lo si vede con lui in chiesa inginocchiato a pregare e a sospirare, e infine il sagrista che non li abbandona mai e tiene la bisaccia che pare colma delle disgrazie famigliari.

Un senso grave di rispetto divide però il gregge dal pastore, e tutti in fondo pensano che la festa sarebbe forse più allegra senza quella gente austera e triste.

Passando davanti al prete i giovani tacciono e nessuno di loro osa guardare la fanciulla in esilio; e le donne chinano gli occhi, e tutti riprendono a camminare in fila lungo il sentiero, verso il bel mare aperto laggiù donde sale un venticello fresco che tutti bevono come un liquore dolce.

Adesso il sentiero è buono; si va giù tranquilli, e prete Maxia pensa alla sua predica e raccoglie qualche fiore per portarlo alla chiesetta, passandolo mano mano al sagrista che ne fa un bel mazzo. Fra le dita aride del prete e nel cavo delle mani che non conoscono la carezza d'amore rimane un po' di profumo: così in fondo al cuore lo consola il proposito di ammonire anche quel giorno il popolo ricordandogli che la vita è solo una porta stretta difficile a passare.

Ma la predica doveva farsi dopo il Vangelo della Messa cantata, e fino a quell'ora egli stette nella sagrestia umida e triste come una piccola grotta, intento a rileggere i passi degli Evangeli utili al suo sermone, senza però dimenticare di sorvegliare il suo popolo e la sua famiglia.

Usciva quindi di tanto in tanto sulla porta della chiesa e vedeva la gente a divertirsi, sparsa sulla china all'ombra rada degli olivastri battuti dal vivo riflesso azzurro del mare. Alcuni giovani erano scesi a bagnarsi, e scherzavano fra loro, ricorrendosi e buttandosi l'acqua addosso, bruni e belli come angeli decaduti: il prete fremeva accorgendosi che le donne raccolte a gruppi sotto la chiesetta guardavano laggiù furtive attraverso le fronde dei cespugli e ridevano fra loro. Altre ballavano al sole, al suono di una fisarmonica, e solo le vecchie e i ragazzini s'indugiavano in chiesa o si occupavano della compra dei fichi d'India intorno ai carri carichi di questi frutti, trattando coi venditori serî e impassibili come mercanti orientali che vendessero oro e cestini colmi di cose preziose.

Poi prete Maxia tornava nella sagrestia e dalla porticina aperta verso un antico cortiletto recinto di muri alti dava uno sguardo a sua sorella che, in lutto com'era e per la disciplina che egli le imponeva, si era ritirata là per non prendere parte né ai balli né ai canti. Ma un venditore di fichi d'India, un bell'adolescente pallido, s'era spinto fin là dentro e offriva un cestino di frutta alla fanciulla. Ella guardava il cestino ai suoi piedi, tutta chiusa nel suo costume rigido, col viso di perla nascosto a metà dal fazzoletto nero, e pareva indecisa: finché il giovine si curvò, prese il cestino con tutte e due le mani e così chino glielo offrì: e le sorrideva, nell'atto dell'offerta, coi begli occhi neri lucenti, la bocca fresca carnosa. Prete Maxia ebbe paura per la sorella. Non si sa mai cosa succede alle feste: e non le disse nulla, ma di tanto in tanto si affacciava a sorvegliarla dalla porticina della sagrestia.

Dopo il Vangelo salì sul piccolo pulpito di legno corroso e cominciò a raccontare la tradizione o meglio la leggenda della fondazione della chiesetta. La madre di un bandito l'aveva fatta edificare, secoli prima, per chiedere a Maria che il figlio perduto riprendesse la buona strada; e il figlio s'era convertito, aveva espiato, aveva finito in santità i suoi giorni. E da quel tempo tutti i viandanti che andavano verso il mare o percorrevano la strada litoranea e anche i naviganti che s'avvicinavano alle coste laggiù, vedevano la chiesetta fra gli olivastri, bianca come una colomba, segno di pace, con la croce in cima, più alta e luminosa d'un faro, la croce, che indicava l'oriente e l'occidente, il mezzogiorno e la mezzanotte, tutti i punti della terra e del cielo egualmente sicuri al cuore che vuole seguire la buona via. E di lontano venivano i fedeli a implorare che quel segno non mancasse mai nella loro strada: sollevassero dunque gli occhi, tutti, uomini e donne là convenuti, quando si abbandonavano alle gioie della terra, al ballo, alle musiche, al vino, ai desiderî carnali, alle ambizioni, alle passioni illecite, e guardassero il segno che indicava loro la buona strada.

- Sollevate gli occhi, sollevate gli occhi - diceva alle donne sedute sul pavimento, chiuse nei loro scialli scuri; e si chinava sul piccolo pulpito grigio, aprendo le braccia e scuotendosi tutto come un'aquila sul suo nido. - La porta davanti a voi è stretta e difficile a passare; ma una volta varcata, la strada si apre davanti larga, il buon cammino è davanti a voi... I vostri peccati sono grandi e finora vi siete attardate come creature smarrite, senz'altra guida che l'istinto del male, la voce del demonio che vi seduce...

E d'improvviso ricordò Elisabetta sua sorella: la cercò con gli occhi e non la vide: guardò fuori della porta spalancata nel cui sfondo brillavano sull'azzurro intenso le macchie degli olivastri e si vedeva un carro carico di cestini coi frutti verdi e rosei; e il pensiero ch'ella stesse a conversare nel cortiletto chiuso con l'adolescente straniero gli diede un senso di molestia, fece diventare più austero il tono della sua predica.

Ma quando rientrò in sagrestia la vide ancora nel cortiletto, sola, tranquilla, seduta su una pietra a guardare un nastro fiorito che faceva passare fra le dita sottili.

- Perché non sei venuta in chiesa?

Ella sollevò i grandi occhi profondi stupiti.

- Ma c'ero!

- Io non ti ho veduta. E quel nastro chi te l'ha comprato?

- L'ha comprato Badòre per portarlo alla sua povera moglie.

Badòre, il parente, rientrò, dal cancello del cortiletto, portando altre cose che aveva comprato per la sua povera moglie malata. Ed entrambi, lui ed Elisabetta, esaminarono assieme i regali, spiegarono e ripiegarono il fazzoletto ricamato, riavvolsero il nastro, misero il temperino di madreperla entro il portamonete rosso.

Il priore della festa venne a sollecitare il prete perché si recasse al banchetto, e non insisté nell'invitare gli altri due che erano venuti alla festa per devozione e non per divertimento. Ma anche prete Maxia non si divertiva, al banchetto dei priori: erano tutti uomini, a tavola, e bevevano senza contare i bicchieri, attorno alla mensa apparecchiata per terra in vista al mare: e scherzavano a proposito della porta stretta che il prete aveva consigliato di varcare.

- E se uno è molto grasso come fa? - diceva il priore.

Prete Maxia, seduto su una sella, grave e triste come fosse ancora sul pulpito rispose:

- Digiunerà per dimagrire.

E d'un tratto, prima che finisse il banchetto, si alzò, dicendo che sarebbe tornato e andò al cancello del cortiletto dietro la chiesa. Il cancello era stato chiuso di dentro. Allora fece il giro e rientrò piano nella chiesetta e nella sagrestia di cui aveva chiuso lui le porte e teneva le chiavi.

Sul vecchio cassone stavano ancora gittati i paramenti sacri e sul leggìo era aperto il Libro degli Evangeli alla pagina ch'egli aveva riletto per ricordare ai fedeli l'ammonimento della porta stretta. La luce pioveva dal piccolo finestrino sopra il cassone e si sentiva il mormorio degli olivastri rispondere alla voce dolce del mare, nel silenzio voluttuoso del meriggio d'autunno.

Egli balzò sul cassone e guardò dal finestrino. Elisabetta e il parente erano là, nel cortiletto chiuso lontano dal mondo come un'isoletta deserta in mezzo a un infinito oceano d'oblio. Avevano finito anch'essi il loro piccolo banchetto e una bottiglia vuota scintillava fra l'erba nuova in mezzo alle pietre. E loro due se ne stavano seduti nell'angolo più sicuro del cortiletto, all'ombra del muro, e si tenevano stretti, baciandosi tristi come due sposi in esilio.

Non videro neppure il viso spaurito del prete al finestrino: si accorsero di lui solo quando spinse furiosamente la porticina e apparve nello stretto vano come in una cornice che schiacciava la sua figura nera. Si staccarono allora e mentre Elisabetta si raggomitolava e nascondeva il viso infantilmente, l'uomo si alzò, ma si appoggiò al muro per sostenersi.

Il prete si avanzava verso di loro, cieco di dolore, balbettando parole terribili.

- Meglio... meglio era vedervi morti... come ho veduto Peu...

Allora Elisabetta balzò in piedi e prese la mano dell'uomo, sfidando con gli occhi suo fratello.

- Che male facciamo? Quando sua moglie muore lo sposerò!

Il prete afferrò l'omero del parente.

- Ah, tu venivi per lei, dunque?

- Venivo per lei - rispose l'altro, rassegnato, stringendo la mano di Elisabetta.

E prete Maxia li guardò atterrito, mentre il vento portava fin lassù le risate dei priori della festa che scherzavano ancora a proposito della porta stretta.

LA MARTORA

Un giovedì d'aprile il piccolo Minnai si svegliò pensando: oggi mi voglio proprio divertire, e balzò nudo dal dappiedi del lettuccio ove dormiva con la giovine zia. Nudo, magro, nero, con le costole frementi, i lunghi capelli rossicci arruffati intorno al visetto ovale rassomigliava al piccolo San Giovanni lì del quadretto sopra il lettuccio; solo che mentre gli occhi di quello dipinto erano dolci, castanei, i suoi, color verderame, avevano balenii d'astuzia crudele. Per un poco s'aggirò nudo qua e là nella stanzetta bassa che riceveva luce da un abbaino coperto da due tegole di vetro: sulla cassa nera stavano i suoi vestiti, le scarpe, la camicia; ma egli voleva divertirsi, cioè fare qualche cosa di diverso degli altri giorni, e cominciò col proporsi di rimanere scalzo e di non mettersi né camicia né corpetto né mutande. Del resto non aveva mai capito bene a che servono tutte queste cose, come non capiva perché suo nonno lo costringesse ad andare a scuola mentre tutto il suo essere anelava alla vigna: alla vigna dove quel giorno la zia era andata ad estirpare le gramigne, dopo aver chiuso lui solo in casa con la borsa dei libri; e più che alla vigna alla *tanchitta* attigua, con le pecore, il cane nero, il cavallo rosso del nonno, la bisaccia, l'erba, le pietre da lanciare ai passanti dal di dietro della muriccia, e sopratutto coi cinghiali, i cervi, le aquile e le martore.

- Ma oggi... oggi...

Era deciso a tutto: a fuggire, a rompere le tegole dell'abbaino, a correre sui tetti, a volare.

Ritto sulla cassa s'infilò i calzoncini facendo orribili smorfie e mostrando la lingua alla borsa dei libri e al calamaio pronti lì sul tavolo sotto l'abbaino: le bestemmie più atroci che sentiva pronunziare dagli uomini ubbriachi nelle sere di festa gli gonfiavano la gola; ma non le ripeteva a voce alta perché era peccato mortale, e lui odiava la borsa e voleva divertirsi, quel giovedì, ma non andare all'inferno.

Un salto, uno scossone ed ecco i calzoncini fin sotto le ascelle: e non occorrono le tirelle né i bottoni; basta una cordicella, una bella cordicella solida che è sempre bene avere oltre che per tenere su i calzoncini per essere provveduti di tutto quando si vuole andare a divertirsi. Se, per esempio, si dovrà fare un laccio per la martora, o per la donnola in mancanza di meglio? Una cordicella è sempre buona a qualche cosa; e così pure un fiammifero, un batuffolo di carta, qualche bottone, qualche chiodo, il rocchetto del filo rubato dal panierino del cucito della zia: tutte cose che Minnai trae dalle saccoccie gonfie dei calzoncini ed esamina e ripone accuratamente.

Ecco fatto. E la giacca? Dov'è la giacca? Cerca, cerca, la giacca non si trova, né dentro né fuori la cassa, né sotto il letto né in cucina. La zia l'ha nascosta: e tutto è chiuso, tutto è buio. Sembra la casa dei morti, col fuoco spento, la porta chiusa, il latte lì freddo e pallido nella scodella triste sopra il forno col pane accanto.

Minnai andò alla porta e la scosse: impossibile aprirla. Guardò dalla fessura ma non vide che un lembo dell'orticello solitario col muro divisorio dell'orto di donna Antonina la monaca di casa. Anche lui era chiuso lì, dunque, come la misteriosa vicina che nessuno conosceva perché da trent'anni prigioniera di sé stessa. Ma lui non voleva farsi monaco, no, no, e neppure prete come suo nonno voleva: piuttosto morire. S'accucciò davanti alla porta, guardando la linea di luce della fessura bianca come un cero, e si mise a piangere trastullandosi coi capi della sua cordicella. Ecco, sì, egli lo sapeva cosa è l'essere orfani di padre e di madre, senza beni di fortuna, costretti ad andare a scuola per diventare prete od usciere; costretti a rinunziare a tutto, anche a rimanere scalzi, anche a rimanere nudi.

- Ma niente! Io non voglio far niente e niente e niente.

Balzò di nuovo. La camicia però bisognò metterla, e anche il corpetto e anche il grembiale. Faceva quasi freddo, là dentro, sebbene fuori i gridi delle rondini vibrassero nel silenzio come nelle sere di estate: e la zuppa di latte freddo non fece che aumentare la tristezza del piccolo cuore. Bisognò anche sedersi davanti al tavolo sotto l'abbaino; ma quella borsa lì davanti, di cuoio nero pelato, con le cinghie rosicchiate, era la cosa più fredda e più orribile della casa: faceva ripugnanza a toccarla, era una cosa putrefatta, era l'involucro nero d'un piccolo mostro morto. Meglio guardare in su: in su, verso l'abbaino. Lassù c'è l'aria, il cielo, la vita, la vita!

E c'è anche il viso bianco del gatto che pare inviti Minnai a farsi coraggio, a tentare di uscire dal suo sepolcro. Sì, a volte basta l'esempio di un essere infinitamente più debole di noi per richiamarci dal fondo oscuro della nostra miseria. Non era del resto la prima volta che Minnai prendeva ad esempio il gatto: in un attimo dunque un grande vaso di sughero che serviva alla zia per la farina fu sopra il tavolo, capovolto come un enorme tamburo, con la borsa sotto seppellita; e sopra una sedia, e sopra la sedia uno sgabello: e sopra lo sgabello come in cima a una torre il piccolo Minnai che sfondava l'abbaino e immergeva la testa nell'infinito. Persino il gatto era fuggito lontano per la sorpresa: e tutto intorno i bassi tetti secolari, di embrici ridiventati una crosta di terra feconda, fiorivano di erbe selvagge, di fieno, di avena, di gramigne, quasi per dare a Minnai l'illusione della brughiera e premiarlo del suo coraggio.

Ma appena fu su, si accorse di due brutte cose: la sua mano sanguinava e un muro con un finestrino rasente al tetto a destra chiudeva l'orizzonte. Del sangue non gl'importava molto: lo avrebbe dato tutto per un soldo, se col soldo avesse potuto comprare un nido con tre uccellini dentro: eppoi il sangue si può anche succhiare e inghiottire e così torna dentro e nulla è perduto; l'importante è di arrampicarsi sul finestrino e salire sopra il tetto più alto.

Così, piano, piano, fa qualche passo: ha paura di sfondare i tetti, tanto gli sembra di essere grande e pesante; così devono camminare i ladri, alla notte, quando fanno quello che loro pare e piace. Bella cosa essere ladri; vivere sui tetti, entrare nelle case ove la gente dorme, prendere la roba altrui come fosse nostra: forse non c'è cosa più bella al mondo. Forse è più bello ancora vivere sui tetti che alla vigna o all'ovile; solo che non c'è modo di cacciare. Eppure, sì; ecco, uno strido attraversa lo spazio: Minnai si getta carponi sugli embrici e lascia che il falco si avvicini; eccolo, è quasi sopra la sua testa, nero, ad ali spiegate, così vicino che si vedono i suoi occhi scintillare dorati al sole. Sì, si può anche cacciare, sui tetti: e Minnai si solleva d'un balzo e lancia il rocchetto della zia in direzione del falco, tenendo il capo del filo fra le dita insanguinate. Ma né il falco cade né il rocchetto torna; il primo è in alto, il secondo è giù al di là del tetto, nell'orto di donna Antonina; Minnai tira il filo e ne fa una matassa che anche così imbrogliata può servire.

E andò dritto al finestrino; ma subito vide come un pozzo bianco aprirsi sotto i suoi occhi. Era una stanza stretta e alta, con le pareti nude imbiancate con la calce: una scaletta a piuoli serviva per aprire e chiudere il finestrino, e giù nella penombra chiara, accanto a un lettuccio coperto di una stoffa ruvida, una piccola monaca vestita di nero, sedeva su uno sgabello, con in mano il rosario e in grembo un animale che sembrava un gatto giallo.

Appena Minnai ebbe messo la testa dentro, la monaca sollevò il viso spaurito e l'animale le scivolò di grembo, lungo, con la coda più lunga del corpo, e parve sparire sotterra. Ella si curvò tosto a chiamarlo di sotto al lettuccio, ma come quello non usciva tornò a sollevare il piccolo viso spaventato.

- Vattene - implorò sottovoce.

Ma di lassù Minnai domandò con calma:

- Che bestia è? Gatto non è, cane non è.

- È una martora. Ma va via! Vedi come l'hai spaventata. Va via.

Minnai non era abituato all'obbedienza. Eppoi quel giorno voleva divertirsi.

- Lei lo so chi è - disse dall'alto. - È donna Antonina la monaca di casa. È lì da cento anni e neppure mia zia l'ha conosciuta. Mio nonno, sì, però. Dice che era bella e che s'è chiusa dentro perché lo sposo l'ha piantata.

La donna trasalì: gli occhi le si velarono di lagrime. La voce del ragazzino le sembrava la voce stessa del suo passato. Ah, dunque, nel mondo si ricordavano di lei? E dov'era il mondo? Le parve di ricordarsi: fu assalita come da una follia di risurrezione.

- Chi è tuo nonno?

- Non si rammenta? Salvatore Bellu. È ricco, mio nonno. Abbiamo la vigna, la *tanchitta*, cento pecore e un cavallo e altre cose. Io vado a scuola. Ma quest'animale non viene fuori? Ah, mi dimenticavo: abbiamo anche gli alveari. Se vuole gliela faccio venir fuori io, di sotto il letto, la martora. Sono bravo. Una volta io ne ho cacciato tre, di martore, poi altre nove. Quando mi vedono stanno ferme che è un incanto. Anche gli astori li so prendere col filo.

La donna ascoltava e credeva: aveva sempre creduto a tutto, nella vita.

- Scendi - disse al ragazzino.

In un attimo egli fu giù; s'allungò sotto il letto, prese la bestiuola palpitante, la rimise in grembo alla donna. La martora lo guardava coi suoi occhi lucidi pieni di spavento, mentre leccava la mano alla sua padrona.

- Com'è lunga! A tirarla pare si allunghi di più; pare di pasta: e che gola d'oro, che dentini, che baffi, e che coda bella come uno scopino nuovo! - egli diceva accarezzandola. - E com'è venuta qui? Dev'essere una che ho cacciato io, una volta, e m'è scappata. Noi stiamo qui vicini.

- Quando t'è scappata?

- Eh, saranno tre anni.

- Ma tu quanti anni hai?

- Chi lo sa? Sono orfano. Forse otto.

- E a cinque anni cacciavi già le martore?

- Sì, anche a tre. Si può andare a caccia quando si vuole.

- Ma quest'animale, io l'ho appena da un anno.

- Sì, anche un anno fa ne ho prese tante: mio nonno le porta a un signore che per ogni martora gli dà un fucile nuovo.

Intanto s'era seduto a gambe in croce ai piedi della monaca e guardava la martora con occhi languidi. Il desiderio di portarsela via lo rendeva come ebbro.

- Bella, bella, anima mia - le diceva reclinando la testina sulla spalla destra e sorridendole. E la martora, come affascinata dalla passione di lui, cominciò a leccargli la manina insanguinata.

Così egli rimase lì fin dopo mezzogiorno. La monaca gli domandava notizie del mondo di trent'anni prima, ed egli rispondeva senza scomporsi; tanto le cose e gli uomini e le loro piccole e grandi vicende, tutto infine era sempre lo stesso. Verso mezzogiorno qualcuno batté all'uscio.

- È mia nipote che porta da mangiare. Nasconditi, sebbene ella non entri mai qui - disse la monaca. Egli si strinse la martora al petto e si nascose sotto il lettuccio.

E mentre la sentiva palpitare contro il suo cuore mormorava con lo spasimo di un amante:

- Mia! Mia! Tutta mia! Ti porto via a costo della vita. Ti ho cacciato, finalmente! Sì, ti ho preso io e sei mia. Ma non ti porto, no, al signore, in cambio del fucile: ti tengo con me, ti nascondo nella legnaia, e vengo a dormire con te, e ti porto i pulcini della zia, ed anche i suoi biscotti, se li vuoi, tanto so dove prenderli e so aprire di nascosto l'armadio. Tutto ti porto; e così ci divertiamo assieme, e così saremo contenti tutti e due. Che fai qui, in questo carcere? Sei monaca tu pure? No, sai, io sono scappato dal carcere, ho sfondato il tetto: eppoi un giorno ce ne andremo assieme tutti e due, torneremo in campagna, dietro il muro della vigna. Là si sta bene, là, sì, dove non c'è gente, dove non si va a scuola. Anima mia bella...

La martora gli leccava l'orecchio.

Intanto la monaca aveva ritirato senza parlare il canestro delle provviste e apparecchiava.

- Venite fuori - chiamò sottovoce.

Ma quei due, sotto, parevano morti; morti, abbracciati, sepolti nel loro sogno d'amore e di libertà.

- Ci lasci qui - disse finalmente Minnai. - Si sta bene. Ci dia da mangiare qui. Io sono abituato a stare sotto il letto, quando la zia vuole bastonarmi. Allora mangio e leggo e anche scrivo, sotto il letto. E anche dormo.

Ma la monaca voleva la sua compagna, senza la quale non sapeva più vivere, e anche la martora all'odore delle vivande s'agitava, s'allungava come un serpe, calda e molle sul petto di Minnai, puntandogli le zampine unghiute sul collo, cacciandogli il muso sottile sotto le ascelle. Finalmente riuscì a sgusciargli sottile di sotto il braccio ed egli uscì dietro di lei.

Il pasto era abbondante, e c'era anche il vino; e dopo aver sparecchiato la monaca tornò al suo posto, con la martora lunga distesa sulle ginocchia col capo pendente giù a destra e la lunga coda a sinistra, e cominciò anche lei a raccontare le cose del suo mondo sebbene Minnai mezzo addormentato non glielo richiedesse.

- Devi sapere che una persona una volta mi disse: «Tu sei come morta per me». Allora, che fare? Essere come morta davvero. Nei primi tempi, rammento, piangevo tanto che gli occhi si abituarono a piangere, a dare lagrime, senza ch'io più me ne accorgessi. Così, come la fontana dà l'acqua. Ma poi pensavo: tanto, morire oggi, morire fra trent'anni è lo stesso. Però, si pensa, si pensa, si dicono tante cose belle, ma quando si è vivi si è vivi; i prigionieri stessi che hanno commesso un delitto si confortano pensando al giorno lontano della libertà, a quando rivedranno il sole nelle strade: ma chi si è fatto prigioniero senza colpa, per volontà propria? Si ha un bel pensare alla morte: la compagnia dei vivi piace ancora. E così per tanti anni ebbi desiderio di compagnia, poi non ci pensai più: finalmente, un anno fa, questa martora balzò qui dentro dal finestrino, come te, e si nascose sotto il letto. Sulle prime la credetti un gatto; ma curvandomi la vidi meglio e mi spaventai, ed essa anche mi guardò spaventata e cominciò a correre, ma neppure vedeva la scaletta per fuggire. Allora mi venne una grande pietà e pensai: se la lascio andar via l'ammazzano. Chiusi il finestrino e stetti ferma; così la martora s'acchetò e tornò a nascondersi sotto il letto. Misi un poco di pane e d'acqua e non chiusi occhio tutta la notte. Avevo paura mi saltasse addosso e lasciai il lume acceso. Ma sul tardi la sentii a muoversi e allungando la testa vidi che beveva: beveva ansando, fermandosi ad ascoltare, spaurita. Mi misi a piangere e avrei voluto prenderla nel mio letto per confortarla. Così passarono i giorni, l'animale s'abituò a bere, a mangiare, a non aver paura. Un giorno la presi: non fece resistenza; era molle come l'erba in primavera. Aveva le zampine gonfie; ecco perché non scappava; gliele unsi col sevo, ma essa poi se le curò da sé leccandole, e anche dopo guarita non cercò più di scappare. Eccola qui: è buona, mi fa compagnia; mi pare, quando sto con lei, di essere ancora nel mondo. È come una mia figlia; anima mia - concluse, lisciandola tutta con la piccola mano tremula.

La martora aveva chiuso gli occhi e pareva morta.

Minnai ascoltava, ma non gl'importava nulla del racconto della monaca. Il desiderio di aver la martora e portarsela via lo vinceva con una violenza così angosciosa da destargli il pianto. Le lagrime gli cadevano dagli occhi senza ch'egli se ne accorgesse. «Come cade l'acqua dalla fontana».

- Me la dia un pochino ancora; poi me ne andrò...

Commossa, la monaca gli mise la martora addormentata sulle ginocchia ed egli a sua volta cominciò ad accarezzarla tuffando con voluttà la manina nel pelo morbido come l'erba sottile di marzo.

Giù dal finestrino il cielo del meriggio mandava un riflesso azzurro, una luce lontana, come dalla bocca d'un pozzo. Lassù era la gioia, la libertà; era la solitudine della vigna e della macchia, la vita, la vita! E Minnai taceva, aspettando, deciso ad aspettare anche mille anni e mille giorni pur di arrivare al suo intento. Ogni tanto sollevava gli occhi fulgenti e vedeva gli occhi della monaca velarsi, chiudersi, riaprirsi, chiudersi ancora.

Quando fu certo del sonno profondo di lei s'inginocchiò e parve chiederle perdono: si accomodò bene la martora sul collo come un bambino addormentato e si arrampicò silenzioso sulla scaletta attento a non schiacciarle la coda.

IL PADRONE

Appena cominciava il freddo, verso gli ultimi di novembre, gli uomini più poveri del villaggio, quelli che non erano neppure servi, che non avevano grano da seminare, che non avevano neppure fuoco, si riunivano nella stanzetta d'ingresso della casupola ove Maria Franchisca faceva e vendeva a mitissimo prezzo un pane scuro mescolato di farina d'orzo e di frumento; e appoggiati al muro seduti per terra, dopo aver comprato e mangiato un pane, s'indugiavano fino a sera e neppure allora si decidevano ad andarsene.

Alcuni si portavano il companatico, - una aringa o un pezzo di formaggio di capra bianco e duro come marmo, - e anche il vino in una piccola zucca nera che stava bene nascosta sotto l'ascella, e bevevano e si addormentavano.

Il segreto è che nel piccolo ingresso sterrato, senza finestra, illuminato solo dal chiarore del forno acceso nell'attigua cucina e dalla luce rapida della porta che ogni tanto s'apriva e si chiudeva, c'era un calore piacevole, una dolcezza di nido.

Quando la porta s'apriva tutta, apparivano in fondo allo spiazzo davanti alla casetta i profili dei monti neri incappucciati dell'ermellino della prima neve; e di lassù il vento scendeva di galoppo come un cavallo selvaggio sbattendosi contro la casa e facendola tremare tutta; e ricacciava il fumo del forno dentro la cucina aumentando il malumore silenzioso e la tosse ostinata dalla piccola Maria Franchisca. Allora ella si affacciava all'ingresso, protestando con poche ma rudi frasi contro i clienti che si attardavano là dentro: la tosse le mozzava le parole, e qualcuno dei clienti indiscreti se n'andava per pietà di lei, per non farla arrabbiare e tossire oltre; ma due o tre rimanevano sempre, sordi e zitti, ritraendosi negli angoli come ragni, e non se ne andavano che verso sera.

La donna finiva col lasciarli in pace e tornava alla sua faccenda: non s'udiva allora che il rumore del vento al di fuori, continuo e monotono come il rombo del mare, e nella cucina il picchiettare della pala dentro il forno e il mormorare della fiamma.

Attraverso l'uscio gli uomini vedevano la piccola padrona, esile e gentile come una bimba, e l'infornatrice gigantesca, nera, abbrustolita dal calore del forno, andare e venire, trascinare i canestri, sfornare il pane e ripulirlo della cenere con un mazzo di foglie di malva. Accanto all'uscio un cestino di pane caldo esalava un odore di fieno; la porta d'ingresso ogni tanto si apriva e cacciata là dentro a viva forza dal vento entrava con le sottane gonfie qualche donna che andava difilato a scegliere il pane e se ne scaldava le mani e in ultimo porgeva una moneta che Maria Franchisca si buttava in tasca senza neppure guardarla.

Così un giorno entrò il maestro di scuola, con le mani nelle tasche della giacca logora abbottonata, uno scialle grigio con la frangia sollevata dal vento intorno al viso pallido feroce d'affamato. Richiuse la porta col piede e andò dritto al cestino a prendere un pane, senza curvarsi, senza guardare gli uomini riuniti nell'ingresso, senza salutare le donne. Il suo viso scarno, sdegnoso, al quale gli occhi verdognoli obliqui e il labbro inferiore sporgente davano un'aria di scherno selvaggio, parve per un attimo arrossato dal riflesso del fuoco. Mise il pane sotto il lembo dello scialle e disse andandosene:

- Maria Franchì, per oggi mi fai credito: pagherà il Comune!

La donna non rispose: s'era alzata di botto, appena l'aveva veduto, e rimaneva lì, bianca, con la bocca e gli occhi aperti dallo spavento. Anche gli uomini, nell'ingresso, non fiatavano, turbati come se l'avvenimento strano li riguardasse personalmente. Perché il maestro era stato padrone e poi amante di Maria Franchisca. La teneva in casa da bambina: l'aveva sedotta, poi in ultimo cacciata via a bastonate minacciandola di morte perché a causa di lei non poteva più fare un buon matrimonio, - egli diceva; - e nella scuola, a un tratto, e con tutti quelli che lo avvicinavano era diventato crudele e prepotente. Il Comune l'aveva quindi licenziato ed egli aveva intentato lite al Comune. Era stato condannato nelle spese. Fino a qualche mese prima lo si era veduto girare ancora per il paesetto, con la sua aria sdegnosa di uomo superiore; non frequentava nessuno; non guardava nessuno; ma tutti lo rispettavano ancora perché lo temevano; poi era scomparso e si credeva avesse trovato posto in qualche altro Comune; ecco invece ricompariva col ritornare dell'inverno e rientrava nella casa della sua vittima per rubarle il pane sfrontatamente come le aveva rubato l'onore e la pace. I passi di lui non s'udivano più nello spiazzo, e le donne e i clienti dentro la casetta non s'erano ancora riavuti dalla sorpresa. L'infornatrice, con la pala dentro il forno lasciava bruciare il pane, rivolta a guardare la padrona; e la padrona fissava coi grandi occhi glauchi spalancati nel viso infantile la porta socchiusa, come incerta se credere o no ancora alla tragica apparizione: d'un balzo però si slanciò nell'ingresso, chiuse con la spranga la porta, vi si appoggiò con le spalle, come per far forza contro un assalto di fuori, poi vinta diede un gemito e cadde svenuta.

Gli uomini la sollevarono, uno la portò in braccio fino al lettuccio nella cameretta dietro la cucina: ella non rinveniva: un filo di bava sanguigna le colava dall'angolo della bocca.

- E lo sapeva, lei, che sarebbe tornato, - diceva l'infornatrice, bagnandole la fronte con uno straccio inzuppato di vino; - lui le aveva mandato a dire che finirebbe lei col pagare le spese della lite...

- Ma, perdio, perché non avvertire? - disse uno degli uomini, offrendo la sua zucchettina del vino per inzuppare lo straccio. - S'egli torna qui gli rompo il garetto, così Dio mi assista, gli rompo il garetto.

- Perché non avvertire? - ripeté un altro. - Siamo uomini.

Ma l'infornatrice accennò col dito che se ne andassero. Maria Franchisca sbatteva le palpebre sugli occhi smarriti e con la piccola mano ancora bianca di pasta si asciugava il vino dalle guancie.

- Su, donna, su, coraggio; il pane si brucia - disse l'infornatrice, aiutandola a sollevarsi; ed entrambe tornarono al lavoro.

Di là nell'ingresso gli uomini vigilavano; non s'erano detti nulla, ma tutti capivano che bisognava proteggere la povera creatura sola e difenderla dalla persecuzione del suo tiranno. Di tanto in tanto si udiva la tosse straziante di lei, e di fuori il mugolio del vento pareva la voce del suo terribile nemico.

Eppure quando qualcuno picchiò alla porta ella corse ad aprire; era una cliente ed ella le lasciò prendere il pane, intascò la moneta e non rimise la spranga. Pareva non ricordasse o non temesse più nulla, e più tardi, poiché gli uomini non se ne andavano, cominciò a brontolare.

Allora uno di essi, quello che l'aveva portata in braccio, si avanzò risoluto.

- Maria Franchì, non sarebbe bene che qualcuno di noi restasse qui? Non hai paura?

Ella lo guardava stupita; parve ricordarsi, esitò.

- Ma no, - disse infine, - chiuderò bene la porta.

Durante la notte nevicò. I clienti furono solleciti a tornare, oltreché per il freddo e per la curiosità, per un vero sentimento d'inquietudine pietosa.

Il primo ad arrivare fu quello che aveva portato in braccio Maria Franchisca: comprò il pane, la interrogò con gli occhi e vedendola pallida ma tranquilla si ritirò nel suo angolo. Poi arrivarono gli altri: tutti avevano cura di sbatter bene la neve dai piedi prima di entrare, e questo significava che non intendevano andarsene via presto. Non bisognava abbandonare la povera Maria Franchisca alle persecuzioni del suo tiranno. Ma le ore passavano e tutto rimaneva tranquillo: le donne lavoravano, fuori gravava il profondo silenzio dei giorni di neve, e il freddo pareva avesse spento il mondo e le sue passioni. Eppure ogni volta che la porta s'apriva Maria Franchisca si volgeva spalancando gli occhi e pareva aspettasse con paura che qualcuno entrasse.

Verso sera fu presa da un gran freddo: batteva i denti, si scaldava inutilmente al forno e infine scoppiò a piangere torcendosi le mani.

- Ho paura, ho paura - diceva.

L'infornatrice la fece andare a letto e le diede da bere acqua calda con miele; ella stringeva con tutte e due le mani tremanti la tazza che le si sbatteva contro i denti, e continuava a ripetere:

- Ho paura...

Di là gli uomini ascoltavano: e quello che l'aveva portata in braccio s'avanzò fino alla cucina, dicendo con voce sommessa all'infornatrice:

- Ditele che stia quieta: resteremo qui di guardia finché quell'asino non sarà partito dal paese.

Due di loro, infatti, passarono la notte nell'ingresso. Maria Franchisca aveva la febbre alta e delirava, senza mai accennare al suo affanno segreto. Si preoccupava del pane che bruciava, del mal tempo, degli uomini che s'indugiavano nell'ingresso: ma per il resto, anche davanti alla morte pareva volesse tutto per sé il suo dolore e il suo terrore.

Stette due settimane a letto; l'infornatrice continuava a cuocere il pane, aiutata da una donna del vicinato, e gli uomini non smettevano di fare la guardia; ma il nemico, di fuori, era un po' come il vento, c'era e non c'era, sbatteva la porta ma senza penetrare dentro. La donna che aiutava a fare il pane si burlava dei difensori di Maria Franchisca.

- Ma chi l'ha veduto? Se nessuno in paese l'ha veduto? Sognato, avete.

Eppure fu proprio lei che, la sera di Natale, entrò nella cameretta di Maria Franchisca e l'aiutò a sollevarsi, le mise un cuscino dietro le spalle, le disse sottovoce:

- Adesso sei guarita; domani ti alzerai; è festa. Ascoltami, tortora: il tuo padrone è in casa mia, nel nostro pagliaio, buttato per terra come un cane malato, e non mangia, non vuole nulla; solo chiede perdono di averti spaventato. Non ha casa, non ha pane: negare il perdono a lui è come negarlo al Cristo deposto...

L'altra taceva, guardandola coi grandi occhi luminosi di lagrime.

- Maria Franchì: oggi tutti perdonano, anche al peggiore nemico. Lascialo venire a domandarti perdono; così ti passerà lo spavento: che cosa mi dici, tortora? Sì?

Sì, accennò l'altra con la testa pesante dei capelli ancora umidi del sudore della febbre; e le lagrime le cadevano giù sul collo esile e rimbalzavano sul lenzuolo come le perle d'una collana rotta.

La donna pietosa rimase presso di lei, quella notte, e i buoni amici dell'ingresso furono mandati via, poiché Maria Franchisca oramai stava bene e non voleva compagnia. Quello che l'aveva portata in braccio era sospettoso, però: andò alla Messa e scuoteva la testa, inginocchiato, come per cacciar via qualche cosa che gli dava noia fra i capelli. All'uscita seguì un gruppo di giovani che suonavano la fisarmonica, e s'appoggiava al muro, ascoltando la musica, e gli pareva d'essere ancora là dentro nell'ingresso, al caldo, di sentire il lamento della malata e di commuoversi inutilmente per lei.

Quando tutti furono dentro nelle loro case dalle cui porticine usciva il fumo e l'odore del porchetto arrosto, egli andò lungo i muri, come un cieco, fino alla casupola di lei. C'era luce: picchiò e la donna del vicinato aprì e lo lasciò entrare. Era pietosa con tutti.

Egli s'avanzò fino alla cucina e vide, seduto accanto al lettuccio di Maria Franchisca, il nemico di lei. Teneva le gambe allungate, le spalle bene appoggiate alla sedia, le mani in tasca: ella sedeva sul lettuccio, con la testa un po' reclinata a destra sul cuscino al quale s'appoggiava, e nel cavo della mano una pera che egli le aveva portato.

La scena però non commosse il cliente; un impeto di rabbia lo spinse fino alla cameretta; e balbettava, tendendo le mani verso la convalescente:

- Che fai, Maria Franchì, ma che fai?

L'ex-maestro tirò su le gambe, e senza alzarsi, senza togliere le mani di tasca lo guardò con disprezzo.

- Oh, oh, - disse, - dove credi di essere? Vattene, e non rimettere più piedi qui. Cammina.

E la donna pietosa lo afferrò per il braccio conducendolo fino alla porta. E lui rimase fuori, aspettando che il maestro se ne andasse. Spuntò l'alba e solo la donna pietosa uscì dalla casetta: il tiranno rimase dentro.

Arrivarono gli altri clienti, protettori di Maria Franchisca, ma saputo dal compagno che il maestro era là non osarono entrare. Per vendicarsi si misero a cantare una canzone ingiuriosa, allontanandosi, però, in gruppo; e il vento gelido dell'alba si sbatteva sulle loro spalle, e pareva si divertisse a scherzare coi loro stracci e a disperdere la loro voce.

RITORNO

Quando si assentava di casa, e questo accadeva spesso perché era una donna di chiesa, Mannella Fadda pregava le donne del vicinato di dire, a chiunque andasse a cercarlo, che suo nipote Costantino era fuori di paese. Quella mattina, dunque - una bella e fredda mattina di quaresima - una delle vicine di casa, appena vide una vecchietta di Mamoiada, con due fazzoletti legati uno sopra l'altro sotto il mento, seduta a cavalcioni su un cavallino piccolo come un asino, fermarsi davanti alla porta chiusa dei Fadda, corse a dirle premurosamente:

- Non c'è nessuno. Comare Mannella è andata a confessarsi e Costantino è in giro o forse sarà anche lui in chiesa. Ma se volete smontare venite qui dentro a scaldarvi.

La vecchietta straniera sembrava sorda: guardò su e giù, con gli occhietti neri lucidi, vide bene che la casa Fadda era tutta chiusa come una casa in lutto, vide le donne a curiosare sulle porticine delle casupole, chi con un canestro in mano, chi con un bambino al seno, ma stette immobile sul cavallino immobile. Giù in fondo alla strada in pendio vedeva brillare il torrente, verde fra gli ontani di cui s'aprivano timide le prime foglie, gialline e tremule come farfalle. Qualche uomo, sbarbato, col cappotto di velluto, attraversava la strada; guardava la vecchietta, si volgeva a guardarla ancora, spariva: lei rimaneva immobile. Finalmente una donna disse dall'interno d'una casetta:

- Ecco Costantino Fadda - e la vecchietta vide venir su, dalla parte ombrosa della strada, un uomo curvo che camminava come un cieco rasente al muro e di tanto in tanto si fermava, un attimo, pensieroso, accomodandosi la berretta, e pareva ricordarsi di qualche cosa che dovesse costringerlo a tornare indietro. Ella lo fissava dall'alto, dura, silenziosa. Era quell'uomo dall'aspetto miserabile il ricco proprietario Costantino Fadda al quale la prima moglie aveva lasciato un grosso patrimonio ma col patto che egli cessasse di vivere in peccato mortale con la sua serva Barbara? Per cessare di vivere in peccato mortale egli aveva sposato la sua serva Barbara; e questa gli era poi scappata di casa.

Bastava guardarlo per vedere in lui un uomo castigato da Dio.

La vecchietta smontò e legò il cavallino all'inferriata d'una finestra.

Costantino la guardava, un po' stupito dapprima; poi accorgendosi delle donne che spiavano dietro le porte si accomodò con un gesto energico la berretta: infine rispose al saluto della straniera e aprì la porta. Il cuore gli batteva di gioia perché la zia, la sua feroce tutrice, non era in casa. Gli parve, per un istante, di esser tornato ai tempi terribili ed eroici quando viveva Sennòra Rughitta, la sua prima moglie, ed ella andava in chiesa ed egli rimaneva solo in casa con la piccola Barbara.

La vecchietta si guardava attorno. La casa era triste, umida, chiusa: un quadrato di sole s'adagiava davanti alla finestra della cucina, come in un luogo profondo, in un burrone solitario; e il fuoco coperto da un gran mucchio di cenere dava l'idea di un tumulo.

La vecchietta sedette tranquilla, davanti al focolare, e accennò a Costantino di sedersi, quasi fosse lei la padrona.

- Tu sai bene che tua moglie è al mio paese. Sta in casa mia. Ti chiede perdono e vuol tornare.

- Malanno la squassi! - imprecò l'uomo; poi tornò ad accomodarsi la berretta, piegò la persona, col gomito sul ginocchio e il mento entro il pugno, e parve meditare.

La vecchia guardava le pareti, tranquilla, con le mani sotto il grembiale.

- La donna è pentita, se donna pentita c'è. Scendi in fondo alla tua coscienza, Costantino Fadda! Pensa che tu eri un uomo fatto e astuto, quando l'hai sedotta; e in casa tua! Hai macchiato il tuo focolare! Se tua moglie Rughitta ti ha imposto quello che ti ha imposto, sapeva il suo perché: era per volere di Dio: era la tua penitenza; la tua croce.

L'uomo sollevò gli occhi corruscanti.

- E non l'ho accettata la mia croce? Dio mi ha preso mio figlio, mia moglie, mi ha fatto scappar di casa quella malandata. Ed io ho chinato la testa. Che altro malanno volete, adesso? Avrei dovuto inseguirla in capo al mondo e scannarla; ma tutti mi si misero attorno, dal prete al pezzente, dai miei parenti ai miei nemici, tutti mi tennero per le mani, tutti mi dissero: hai fatto morir di crepacuore la tua prima moglie: è la tua penitenza, questa è la tua croce; e io sono diventato così, stupido. Che volete ancora?

Ma la vecchia ascoltava solo ciò che diceva lei.

- La donna è pentita, se donna pentita c'è. Tu sai come è andato l'affare? Mio figlio, il cacciatore, - l'avrai sentito nominare; è bello, è alto come quella porta, - ebbene, trovò tua moglie per la strada, mezzo morta di fame e di freddo. E me la portò in casa. Siamo cristiani, Costantino Fà, abbiamo un'anima immortale. Ed io ho tenuto tua moglie in casa, tutto l'inverno, come una figlia mia. In principio io non sapevo neppure chi era. Era una creatura di Dio e basta. Poi mio figlio, il cacciatore, mi raccontò chi era la donna; una che era scappata di casa come l'uccellino dal nido, così, perché...

- Malanno la disperda! È scappata perché voleva guardare tutti gli uomini che passavano per la strada. E tutti guardavano dentro la mia casa! Finché è stata la mia amica è rimasta buona e docile: diventata mia moglie è diventata il mio castigo.

- Questo non importa. Adesso la donna è pentita. Tu la riprenderai, la chiuderai dentro. Essa dice che vuol condurre vita di monaca. Io ho fatto il viaggio per questo. Adesso per Pasqua mio figlio si sposa e prende una donna ricca, anziana, seria, come conviene a un uomo suo pari. Ebbene, la moglie viene a stare con noi; ed io e mio figlio, che è buono come il miele, terremmo in casa tua moglie, ma la sposa non la vuole. Allora, Costantino Fadda, pensaci bene, mettiti la mano sulla coscienza: se tua moglie va via di casa mia, allora, sì, è davvero una donna smarrita. Mettiti una mano sul cuore.

Ed egli si mise davvero una mano sul cuore: e il cuore gli si spezzava, di pietà, di desiderio e d'amore; ma egli aveva paura della zia Mannella.

La zia Mannella disse naturalmente di no. Inoltre ella tornava da confessarsi e comunicarsi ed era quindi più implacabile che mai.

- Tu - disse al nipote - sei padrone di fare quello che vuoi; ma se quella malandata rimette piede qui, io e tutti i tuoi parenti saremo come morti per te: e tutti ti sbeffeggeranno più che non lo facciano adesso, se è possibile!

Quest'ultima considerazione impediva all'uomo di decidersi. La vecchietta straniera ripartì dopo mezzogiorno. Mannella l'aveva trattenuta a pranzo, usandole tutto il rispetto e i riguardi che l'ospitalità impone; ma in quanto al resto non c'era da sperar nulla.

E va e va, il cavallino con la vecchietta sopra, piano piano, giù per il sentiero lungo il torrente: d'improvviso una voce vibrò lontana, poi sempre più vicina, e la bestia si fermò.

Costantino arrivava di galoppo, sul suo bel cavallo balzano che pareva non mettesse le zampe per terra; e la sua schiena dritta e il suo viso sorridente erano quelli d'un altro uomo.

- Sentite, donna, ho pensato bene. Voi avete ragione; non devo lasciar correre mia moglie per il mondo. Ma in casa non la vogliono, avete sentito? Ebbene, io ho la vigna con la casetta, la vedete lassù sulla china sotto Monte Gudula? Che Barbara vada a star là; ecco, datele la chiave. Troverà da mangiare e da bere; che stia lì chiusa, se è vero che è pentita e vuol fare la monaca: il tempo poi provvederà.

La vecchia avvolse la chiave in un fazzoletto, guardò la vigna, ancora scura tra il verde tenero delle chine sotto i boschi che fasciavano il monte, e riprese il viaggio. Costantino l'accompagnò un tratto: era allegro, felice, pieno di speranze e di buoni propositi per l'avvenire.

- Per adesso nella vigna non c'è nessuno; ma Barbara non è donna da aver paura. Ci son poi lì accanto dei pastori miei amici che sorveglieranno. E poi... ci sarò io. I primi giorni, però, non mi lascerò vedere: che ne dite: è giusto?

- Giustissimo.

Egli invece, appena stabilito tutto, congedatosi dalla vecchia, andò su alla vigna. La casa era poi una grande capanna in muratura, divisa in due stanze una delle quali ingombra di botti e di cestini per la vendemmia. Egli mise tutto in ordine, spazzò dentro e fuori, ammucchiò un po' di legna sul focolare. Aveva portato del pane e lo mise nel cestino appeso in mezzo alla stanza dove i sorci non potevano arrivare; ma pensò che una donna non vive di solo pane e tornò al paese, preparò di nascosto della zia una piccola bisaccia di provviste e l'indomani mattina ripartì per la vigna. Passando davanti alla bottega della Nuorese comprò anche lo zucchero e il caffè: cosa che fece sorridere la donna dietro il banco.

- Ah, Costantinu, Costantinu! Regalo per donna e donna golosa!

Lui rideva: si sentiva felice come un adolescente che fa una scappatella. E rimase tutto il giorno nella vigna, ricordando che una volta, viva ancora la sua prima moglie, c'era stato con Barbara, al tempo in cui si estirpano le gramigne. Che giorno, quello! Al ricordo il sangue gli batteva alle tempia, come giù l'acqua del torrente contro le pietre. Così rimase ad aspettare Barbara: ma calò la sera ed ella non arrivò. Egli andò a passare la notte coi pastori, nell'ovile sopra la vigna: era una notte fresca e chiara, i boschi mormoravano e la luna al suo ultimo quarto si posava su un macigno di Monte Gudula come un piatto d'oro sopra una mensola.

D'un tratto i cani abbaiarono. Costantino balzò, come punto da un coltello, e andò a guardare sopra la sua vigna. Non vedeva nessuno. Tuttavia rimase lì, a lungo, accucciato, aspettando. Il cuore non lo ingannava. Dopo qualche tempo due figure, una piccola, l'altra grande, apparvero sul sentiero, passarono il varco assiepato del muro, si fermarono davanti alla casa, entrarono. Costantino palpitava di gioia, d'ansia, di dubbio. Aveva riconosciuto bene Barbara e il cacciatore «grande come una porta». Speriamo che questo, accompagnata la sua ospite, se ne riparta tranquillo. Infatti, dopo qualche tempo, dopo che il finestrino della casetta s'illuminò del chiarore interno del fuoco, la figura alta uscì e s'aggirò di qua e di là, come cercando di nuovo il varco per andarsene. Dio sia lodato, ecco che se ne va. Ma no; si sporge soltanto sul muricciuolo, guarda, par che fiuti l'aria; poi torna, rientra e chiude.

Costantino rimase lì, dietro la siepe, come ferito. Vedeva il viso giallo della zia ridere con la luna, sopra il macigno di Monte Gudula.

- Rideranno di te, più di quel che ne ridono adesso, se è possibile! -. Ma poi ricordò che una volta la sua prima moglie era salita su alla vigna per sorprender lui e Barbara, al tempo dell'uva; e s'era nascosta così com'era nascosto lui, e poi aveva confessato che, per non far troppo scandalo, se n'era andata via senza lasciarsi vedere.

Allora s'alzò indolenzito e tornò su dai pastori: al suo passare qualche pietra rotolava per la china e i cespugli del tasso, svegliati dall'urto, mandavano un sospiro.

IL PRIMO VIAGGIO

Vecchia com'era e dopo aver girato mezzo mondo - a Lourdes per devozione, a Barcellona per affari, a Roma come testimone in un famoso processo - donna Itria ricordava sempre il suo primo viaggio: ricordo che si perdeva nella notte dei tempi.

«Nella notte dei tempi» era questa l'espressione che usava ogni volta che veniva da noi a Nuoro, ospite in casa nostra, e raccontava il suo primo viaggio. E veniva spesso perché aveva parecchie liti da sbrigare: parlava bene, e in Tribunale difendeva le sue cause come un avvocato. Era virile: veniva a cavallo, seduta a cavalcioni come un'amazzone, seguìta da un servo a cui non rivolgeva la parola se non per rimproverarlo di qualche cosa. L'uomo era paziente e non replicava; ma appena vedeva donna Itria volgere le spalle si batteva l'indice nero sulla fronte per dirci che la padrona era matta. Una volta però ella lo maltrattò tanto che egli parlò male di lei apertamente. Poche parole sole:

- Basti dire che ha fatto morire il marito al manicomio.

Ma donna Itria disprezzava gli uomini; quando seppe ch'io dovevo sposarmi venne apposta per portarmi un dono e per ripetermi la famosa storia del suo primo viaggio onde io ne traessi insegnamento.

- Nella notte dei tempi, sai, ma quando gli uomini avevano già acquistato la malizia. Le donne forse non ancora, almeno io. Ma chi avrebbe dovuto insegnarmela? Mio padre e mia madre morti: mia sorella Bonaria zoppa tanto che non usciva mai di casa; mio nonno, col quale vivevamo, semplice all'antica, tanto semplice e tanto all'antica che aveva fatto testamento lasciando a Bonaria quattro quinti dei sui beni, cioè il salto di *Sant'Antoni 'e Mare*, che solo di pascolo d'asfodelo dava la rendita da poterci vivere una famiglia. E sai perché aveva fatto questo? Perché io, diceva lui, i salti e le *tancas* li avevo negli occhi, e Bonaria non avrebbe mai trovato marito. Io non mi lamentavo: avevo le gambe svelte e mi pareva di poter andare in capo al mondo in cerca di fortuna e di felicità. Ed ecco, infatti, quell'anno s'andò, io con un mio zio e una mia zia sposi attempati che con quello facevano il loro viaggio di nozze, a San Giovanni di Mores: quindici ore di viaggio in diligenza.

Nella notte dei tempi, sì; era notte ancora quando si partì: io ero allegra ma anche piena di rimorso perché la povera Bonaria restava a casa; ma pensavo di portarle un bel dono, un agoraio d'argento o le calze turchine che allora cominciavano a usarsi: e glielo portai davvero il bel dono, vedrai! Il cuore mi batteva (sai quanti anni avevo? Quindici in sedici!) perché uscendo di casa in punta di piedi per non svegliar Bonaria e attraversando il paese addormentato mi pareva di sentir mille rumori, vale a dire, che tutta la gente del mondo andasse alla festa cantando e suonando. Ed ecco la diligenza grande come una casetta si muove sotto un arco di stelle: eravamo dentro noi soli, gli zii sotto lo stesso gabbano per tenersi ben stretti, io col mio scialle ricamato a garofani. Lo zio diceva:

«Ma chiudi quelle lanterne, Itria!». Figurati se avevo voglia di dormire. Tutta la terra tremava e rombava intorno a me, e mi pareva di correre giù per un monte con tante stelle che s'affacciavano fra gli elci neri a guardarmi, e il mare in fondo alla strada. Si sentiva infatti odor di mare e mio zio disse:

«Sai dove siamo adesso, Itria? Nel salto di Sant'Antonio: verrà l'alba e l'aurora prima che l'abbiamo attraversato. Però lo godranno i tuoi discendenti: Itriè, tu però hai queste ginocchia di cerbiatta».

E me le stringeva fra le sue mani come una cosa preziosa: ed io ridevo e lo zio diceva:

«Ne avrà, di terre, questa qui!».

Così si arrivò alla cantoniera e nel silenzio del primo mattino una voce forte eppure fresca come quella di un usignuolo gridò:

«Non dubitare, Pancraziu: starò bene: un uomo smilzo come me sta bene da per tutto!».

Infatti, appena dentro, il nuovo viaggiatore ingombrò la diligenza coi suoi cestini e le sue bisacce, e sedette come in casa sua, a gambe lunghe; rammento, aveva un grande cappotto d'orbace tutto trapunto, e ogni tanto ne scuoteva le falde gettandosele fra le gambe senza levar le mani di tasca. Ma era bello: non ho mai più veduto un giovane così bello: alto, curvava un po' la testa per non toccare le assicelle della diligenza. Agli uomini belli anche in quel tempo si perdonava tutto. Egli non si accorse neppure di me e cominciò a parlar con gli zii: parlava forte, beffardo.

«Vanno alla festa? Eh, dicono sarà una gran festa, quest'anno: un'abbondanza del diavolo: i cani saranno legati con le salsicce».

Lo zio lo guardava serio, e la zia guardava me sorridendo. Il viaggiatore ci aveva preso per della povera gente che forse andava alla festa per voto. Egli sporgeva il viso verso il finestrino: sorgeva il sole e monti neri e monti d'oro apparivano in fondo alla valle tutta verde: si saliva e di tanto in tanto si vedevano lungo la strada file di peri carichi di frutta. Era di settembre. Il giovane guardava i peri e diceva:

«Noi quest'anno ne abbiamo innestato quasi duemila, nelle nostre *tancas* di Ottana, le *tancas* del Rettore, mio zio, lo avrete sentito nominare».

La zia mi guardava sorridendo.

«E questo terreno è nostro, e quest'altro è nostro. Sì, quest'anno non c'è stato male: abbiamo avuto mille quarti di mandorle. Mio cugino Ascanio Piras, il nipote dell'Intendente, li avrete sentiti nominare...».

Sì, mio zio li aveva sentiti nominare: gente potente, gente dalle reni forti; ma la vanagloria del viaggiatore dovette urtarlo perché disse:

- Sì, conosco Ascanio Piras: ha preso in affitto un pezzo del salto di *Sant'Antoni 'e Mare* che è del nonno di questa ragazza.

Il giovane diede un balzo e si volse tutto a me come per guardare una meraviglia: non ho mai dimenticato il suo sguardo.

E cominciò a parlarmi e cominciò a scherzare con me: mi domandò quanti anni avevo e se ero sposa.

«Sì, col latte! Non vedi che ha quindici anni?» disse lo zio.

«Ne dimostra di più: è sviluppata» disse il giovane guardandomi da capo a piedi: ed io provai caldo come accanto al fuoco, sotto il suo sguardo. Era infine il primo uomo così alto e bello che mi sedeva accanto e mi rivolgeva parole gentili: inoltre saliva gente ad ogni fermata della diligenza, ed egli mi si stringeva sempre più addosso.

Si mangiò assieme, si bevette assieme: egli mi domandò se ballavo, poi disse che sarebbe venuto alla festa del nostro paese e che mi avrebbe regalato un cavallo. Se egli parlava di una cosa di sua proprietà e io dicevo «deve esser bella» egli rispondeva pronto «gliela regalo».

La zia mi guardava e sorrideva. Così calò la sera, e si mangiò di nuovo assieme; ma la zia si sentì male e lo zio la portò fuori, nei posti accanto al vetturale, per respirare meglio l'aria fresca. Io li vedevo attraverso il vetro, avvolti nello stesso gabbano, e provavo una grande soggezione ma anche un grande piacere a stare così sola a fianco del giovine. Egli non aveva cambiato posto, e un vecchio rimasto nella diligenza, dopo che gli altri eran tutti scesi all'ultima stazione, s'era sdraiato e dormiva. Era una sera fresca di settembre, e di nuovo tante stelle guardavano dai rialzi neri e l'odore del lentischio arrivava fino a noi. Io tacevo e anche il giovane taceva: solo mi domandò:

«Ha freddo?» e prese il suo grande cappotto e lo stese sulle mie ginocchia, tirandone una falda sulle sue: così sotto mi prese la mano. Io volevo gridare; ma tremavo tutta e non potevo aprire le labbra. E così si arrivò: per tutta la notte io non chiusi occhio, in casa del nostro ospite; desideravo morire tanto ero felice, e il viaggio, l'incontro, l'amore del giovane tutto mi pareva un sogno. E appena alzata ecco vidi lui in fondo alla strada come il sole. E così si andò assieme alla festa, e si ballò, e si tornò assieme: e nel lasciarci egli promise di venire alla nostra festa, in ottobre.

Lo aspettai un anno e un mese: finalmente arrivò suo zio il Rettore; rammento, era un prete così grasso che il cavallo sudava per portarlo: un prete che pareva un vescovo, con le calze di seta e le fibbie d'argento. Ebbene, egli domandò per suo nipote la mano di sposa di Bonaria! Perché devi sapere che in quel frattempo nostro nonno era morto e lei rimasta erede del salto di Sant'Antonio. Io ero quasi povera: a che mi giovavano le mie gambe svelte?

LA VESTE DEL VEDOVO

Viaggiavano senza affrettarsi, perché la sposa, accovacciata e a volte sdraiata sul carro tirato da due piccoli buoi neri sonnolenti, era malandata in salute e bisognava usarle molti riguardi.

Lo sposo invece era un bel giovane robusto, rosso in viso, fin troppo rosso a volte, quando il sangue sovrabbondante gli saliva a ondate sino alla fronte alta sfuggente entro i capelli ricciuti polverosi; ma quando arrossiva così, per ogni piccola cosa, per la rabbia come per la gioia, diventava ancora più bello, e gli occhi neri limpidi rifulgevano come quelli di un bambino. E di bambino aveva anche il sorriso che lasciava vedere una chiostra di denti intatti chiusi come un solo anello d'avorio: mentre la donna sembrava una vecchietta, ma una vecchietta infantile anche lei, col viso affilato e bruciato, le palpebre azzurrognole così gravi che stentavano a sollevarsi e tardavano a riabbassarsi sui grandi occhi melanconici. Ma una volta aperti, i grandi occhi si volgevano attorno stupiti, come per raccogliere il riflesso delle cose più belle, e si animavano, si riempivano di luce, e tutto il viso allora si rischiarava e ringiovaniva d'improvviso.

Forse per questo il giovine, che guidava il carro seguendolo a piedi per non farlo sbalzare troppo, ogni tanto si chinava un poco e diceva:

- Giula, Giula, guardami, su. Non parli più? Hai sonno?

Giula sollevava lentamente le palpebre; e riprendevano il discorso interrotto; ma le cose da dirsi se le avevano già dette tutte e ben presto lei si stancava, riabbassava le palpebre e si lasciava cullare dal moto pesante del carro. Aveva sonno, sì: le pareva d'essere in una culla, in una barca, e che tutto fosse un sogno, la vita passata, il presente, l'avvenire.

Perché il sole già forte di maggio non le facesse male, un grosso lenzuolo di lino era stato disteso fra due pertiche da un lato del carro, e così questo, col suo lento sobbalzare nello stradone coperto di ghiaia azzurrognola, tra il verde fitto dell'altipiano selvaggio, sembrava davvero una barca che andasse con difficoltà in un mare mosso. L'illusione del mare era accresciuta dal cerchio perfetto dell'orizzonte, azzurro di vapori, dai quali salivano grandi nuvole argentee che presto si scioglievano sul cielo caldo percorso a tratti dal vento di levante. Quando il vento sostava, tutto ritornava immoto, a perdita d'occhio, e macchie e macchie, e pietre e pietre si seguivano e si circondavano fra loro.

Si saliva insensibilmente. Un punto nero apparve in lontananza in cima alla linea bianca dello stradone, su uno sfondo di nubi correnti: il vento diventava sempre più caldo e odoroso e la donna si sollevava, con le narici diafane agitate da un lieve fremito, respirando forte quell'aria selvaggia e pura: aria di passato, di giovinezza e d'amore.

- Giula, Giula, come andiamo? Alza quelle nuvole. Hai sonno ancora? Siamo a metà strada e nonna adesso comincia già ad accendere il fuoco e a riempire la scodella di grano per augurarci la buona fortuna. Giula, siamo a metà strada. Ecco il *nuraghe* di *Mesu Caminu*...

Ma Giula riabbassò tosto le palpebre che aveva sollevato a metà e anche l'uomo diventò pensieroso.

Dopo alcuni passi, egli parve voler dire qualche cosa; arrossì, chinò un poco la testa e la scosse come per mandar giù tutto quel sangue che gli montava dal cuore, e guardò lontano, davanti a sé, verso il punto nero che cresceva, cresceva, che pareva chiudesse con una muraglia la strada. E la donna anche lei volse la testa, piano piano, guardando lassù. Pensavano entrambi alla stessa cosa, ma l'uno cercava di nascondere all'altro il proprio viso per nascondere il proprio pensiero. E un senso di soffocamento li vinceva, come se la strada fosse davvero ostruita e di lì non si andasse avanti.

Lassù, nel *nuraghe*, un anno avanti, di quei tempi, era stato trovato ucciso, nudo, sfregiato, un uomo, un ricco massaio vedovo che aveva domandato Giula in moglie. In quel tempo Giula era una ragazza forte; aveva allevato lei, orfana, i suoi cinque fratellini poveri e da sola era capace di pulire la farina e impastare e cuocere il pane di tre ettolitri d'orzo. Il vedovo, suo vicino di casa, aveva bisogno di una donna così, da fare il pane ai suoi servi, da custodirgli la casa senza pericolo che la sua roba venisse decimata: di una serva fedele, insomma, che costasse poco. Lui morto, infatti, Giula se n'era andata a Nuoro a servire, con due dei suoi fratelli, presso un altro ricco padrone, che non era vedovo, però, questo, anzi aveva una bella moglie che a cinquant'anni era gravida del decimo figlio, e coi fratelli di Giula contava sette servi appena bastanti a badare alle sue greggie, ai porci, ai cavalli, ai boschi di soveri.

Nei primi tempi a Giula era sembrato di trovarsi in mezzo al mare, in quella casa agitata; il rumore della culla rispondeva a quello della mola, i ragazzi la spingevano di qua e di là, incontrandola nelle loro corse che il sonno solo, alla notte, fermava: ma poi la padrona le aveva assegnato il suo còmpito, e la monotonia del suo lavoro aveva disteso un velo intorno a lei, fra lei e gli altri abitanti della casa. Giorno e notte puliva farina d'orzo e faceva il pane per i servi.

In autunno fu sentita a cantare, accompagnandosi al rumore eguale e dolce dello staccio. Erano sempre quattro versi, ed erano così monotoni che l'asinello intorno alla mola si fermava di tanto in tanto e si addormentava. Per svegliarlo l'altra serva che cullava il bambino nell'angolo della cucina attigua sporgeva la testa e urlava altri quattro versi in risposta a quelli di Giula. E Giula sollevava meravigliata le palpebre nel viso pallido di farina, svegliandosi dal suo sogno.

Allora tentava di ricordare altri versi, e cantava una *battorina* nuorese.

> *A sa bessida 'e s'istella,*
> *bessi, bella, a sa bentàna,*
> *pro ti cumponner, galàna,*
> *chin s'amante...*(1)

---

[1] Allo spuntar della stella,
  esci, bella, alla finestra,
  per comporti, leggiadra,
    con l'amante...

Ma l'asinello si fermava di botto, addormentato, e l'altra serva urlava più forte:

> *A sa bessida 'e s'istella,*
> *bessit su mazzone a runda,*
> *sos chi azes muzere bella*
> *sonadebolla sa trumba... (2)*

Insomma in quella casa non si poteva sognare, né di giorno né di notte. Di notte si cuoceva il pane, e il suo odore si spandeva lontano col rumore monotono della pala battuta dentro il forno e col chiacchierio delle donne sedute per terra a stendere a furia di ditate le grandi focacce grigie di farina d'orzo. Giula infornava. Era diventata pallida e magra. La farina d'orzo corrode chi la respira di continuo, e la vampa continua del forno acceso, la vampa calma inesorabile che va contro il viso e il petto della donna seduta per terra protesa a combattere con le pale il pane che si gonfia e s'agita e palpita come cosa viva, brucia e consuma, specialmente se la donna ha anche dentro di sé un altro fuoco e altre cose da combattere.

E Giula, assonnata, febbricitante, guardava in fondo al forno coi suoi occhi che riflettevano la fiamma; ma più che i lunghi pani lividi viventi vedeva agitarsi le sue visioni interiori. Erano pietre e pietre, livide in un altipiano tinto di rosso dal chiarore di un tramonto tragico;

---

2 Allo spuntar della stella,
  esce la volpe in ronda,
  quelli che avete moglie bella
    suonatevi la tromba.

e tutto il forno rotondo con la buca bassa le ricordava il *nuraghe* dove era stato trovato nudo sfregiato il cadavere del vedovo.

Così si consumava; finché un giorno un altro suo antico pretendente aveva mandato a chiederle, con uno dei fratelli di lei, se lo voleva ancora. Non era ricco come il vedovo, il nuovo antico pretendente; era un pastore di capre, un orfano anche lui raccolto bambino da una vecchietta ch'egli chiamava nonna; ma nella sua casetta c'era poco da lavorare, appunto perché lui non aveva servi né cavalli, e lassù Giula avrebbe potuto riposarsi, respirare l'aria della montagna natia e guarire.

Ella rispose di no; ma i fratelli, i due servi pastori presso lo stesso padrone di lei, e gli altri tre che lavoravano anch'essi sparsi di qua e di là pel mondo, si riunirono un giorno presso di lei per consigliarle di accettare. E la guardavano, tutti e cinque intorno a lei come quando da bambini aspettavano ch'ella distribuisse loro il poco pane e le chiedevano l'acqua e le altre cose necessarie alla vita. Allora disse di sì.

Il giovane era sceso a sposarla, e adesso se la portava via sul suo carro steso d'erba e di felci, e dopo che s'erano dette tante cose, sulla gente del paese, sui padroni di lei, sui fratelli pastori (i quali avevano adornato i piccoli buoi sonnolenti del carro nuziale come si usava negli antichi tempi, con arance ficcate nella punta delle corna e tralci di pervinca intorno ai colli flosci dondolanti), adesso tacevano, guardando verso il *nuraghe* in cima alla strada.

Arrivati sotto il *nuraghe* sostarono. Era il punto più elevato dell'altipiano e di lassù si vedeva il mare. Il luogo intorno era triste, sparso di macigni e di rovi, come desolato ancora dagli avanzi di una battaglia di giganti: eppure tutti quelli che passavano là sotto usavano fermarsi, specialmente nel tempo di sole forte, perché l'ombra del *nuraghe*, in quel luogo senz'alberi, invitava alla sosta. I due sposi seguivano l'uso comune.

L'uomo era ritornato allegro come Giula lo aveva conosciuto molti anni prima; di un'allegria dolce e selvaggia, col viso fiammante, gli occhi a momenti teneri, a momenti crudeli, come quelli dei fanciulli che si divertono. Parlava forte, ma la sua voce si sperdeva, divorata dal grande silenzio attorno; un silenzio che stupiva Giula, entro la cui testa ronzavano ancora i rumori della casa del suo padrone. Pareva d'essere in cima a una montagna, in un'ora di quiete quando il vento dorme e laggiù all'orizzonte anche le nuvole dormono adagiate sulla culla del mare.

Qualche cosa di primordiale era intorno e il mondo lontano, il paese lassù, la città laggiù, i padroni, i servi, i ricchi e i poveri, le leggi degli uomini, non esistevano più.

Giula scese dal carro e si scosse le vesti: era piccola ma ben fatta nonostante la sua estrema magrezza, e quando si sciolse il fazzoletto apparve il suo collo bianco venato di azzurro, la treccia pesante che le scendeva dalla nuca. Era bionda, d'un biondo bruciato, brunito dal fuoco del forno. L'uomo la guardò e trasalì.

- Giula, - le disse, mentre tirava giù dal carro la bisaccia, - ti rammenti?

Si guardarono sorridendo, e fu il momento più felice di quella prima giornata di nozze.

- Adesso faremo il banchetto - egli disse, traendo le provvigioni dalla bisaccia.

Sedettero per terra, in mezzo ai cespugli d'oro dei fiori di San Giovanni, e mangiarono.

Di tanto in tanto egli le prendeva una mano e gliela stringeva forte, sorridendole ancora, coi bei denti scintillanti fra le labbra carnose. La costrinse a bere, sebbene a lei non piacesse, poi la baciò sulla bocca per asciugarle dalle labbra il vino.

- Adesso bisognerebbe cantare; ma e con chi? Giula, pochi invitati ci sono, al nostro banchetto.

Si alzò un momento e si guardò attorno, per assicurarsi che erano soli: lei lo guardava dal basso, così alto su lo sfondo azzurro davanti a lei, e le pareva sempre di sognare. Le tornavano in mente le *battorinas* che cantava laggiù, fra il rumore monotono dello staccio e della mola, e aveva l'impressione che la voce rude della sua compagna di lavoro la traesse dal sogno.

- Cantare, ma con chi? Giula, che sponsali da orfani abbiamo fatto - egli disse rimettendosi giù accanto a lei, e le si strinse tutto attorno deponendole la testa sul grembo, infantilmente. Giula lo guardava dall'alto, adesso, materna eppure pallida, agitata dentro da un batticuore che cresceva, cresceva sempre più, a misura ch'egli le stringeva la mano e sollevava il viso sulle ginocchia di lei per guardarla: un batticuore simile a uno scalpitare di cavalli che si avvicinavano, si avvicinavano e dovevano passarle sopra.

Egli le si stese davanti, come spiegandosi tutto davanti a lei per offrirsele meglio, sollevò le braccia e attirò la testa di lei sul suo viso. Pareva volesse dirle un segreto.

- Giula, ti rammenti dunque, la prima volta che ci siamo baciati? Era qui, ti ricordi? Avevi quindici anni e io sedici; tuo padre aveva il gregge qui, e siamo venuti per la tosatura. Sì, ti ricordi, uccello mio? E c'era anche lui, il vostro vicino di casa, che non era ancora vedovo e non pensava a te... Ma perché non mi vuoi baciare? Pensi ancora a lui?

Giula cessò di scuotere la testa e si abbandonò, a occhi chiusi, con le labbra tremanti. Tutto il viso aveva preso un colore bluastro, e sotto le palpebre si era scavato un cerchio nero.

- Giula, Giula - egli disse spaventato, sollevandosi e sollevandola fra le braccia. - Guardami.

Lei riaprì gli occhi e gli sorrise: ma piangeva. Allora egli ritornò fanciullo, come quella prima volta dieci anni prima, e si rimise giù, e le tirò le treccie facendole del male per farla sorridere, e la baciò sul collo, le contò le dita, finse di rubarle l'anello. E ricominciò a parlare della gente del paese, e dei fratelli di lei, e della vecchia nonna di lui che stava nella casetta ad attenderli col caffè pronto e i dolci per i vicini di casa e i parenti e gli amici, e di una donna che s'era messa in mente di fargli sposare una vecchia zitella zoppa ricca di quaranta vacche e di tre alveari.

- Ma il mio alveare sei tu, sei tu, Giula! Quanto mi hai punto con le tue api! Ma quanto miele, uccello mio, uccello mio... Guardami, Giula, non sei più arrabbiata con me?

Ella taceva; lo guardava in fondo agli occhi, fisso, come guardava una volta dentro il forno; e il viso le si era fatto di nuovo bianco, poi roseo ai baci di lui. Era bella come dieci anni prima; ed egli piano piano si alzò sulle ginocchia, la prese tesa sulle braccia, balzò così con lei e la portò dentro nel cerchio delle rovine del *nuraghe*, per nasconderla anche alla solitudine e al silenzio attorno.

Giula sembrava morta: morta di felicità, di terrore. Le pareva che i cavalli di cui aveva sentito lo scalpitare lontano e poi sempre più vicino le fossero già passati sopra calpestandola. Le rimaneva solo la voce per domandare una cosa.

- Cosma, cuore mio, adesso siamo sposi, adesso che m'hai preso puoi dirmi tutto - mormorò, abbandonando la testa con le treccie disfatte sulla spalla di lui. - Sei tu che lo hai ucciso? Dimmelo: adesso siamo la stessa carne e io non posso tradire il tuo segreto. Dimmelo; tanto in fondo al cuore lo so.

Egli le sollevò il viso e si guardarono ancora. Gli occhi di lei erano pieni d'ansia, di terrore e di speranza: occhi con cui l'anima sospesa sull'abisso invocava ancora la salvezza che pure sapeva impossibile. Egli la guardava: si sentiva perduto, ma l'abisso attirava anche lui.

- Sì - disse finalmente. E chiuse gli occhi.

Ella non gridò, non si mosse.

- Cosma, cuore mio, senti, perché lo hai denudato, perché lo hai sfregiato?

- Perché era lui che voleva spogliarmi, voleva sfregiarmi, togliendomi te. E tu, pure, mi avevi spogliato e sfregiato, lasciandomi perché ero povero e lui ricco... Ecco perché...

- E le vesti, dove sono?

- Le ho nascoste qui, nel fondo d'una buca del *nuraghe*. Qui - disse volgendo il viso per cercare ancora con gli occhi il posto: e quando tornò a guardarla la vide di nuovo azzurra in viso, con le palpebre sollevate immobili e le pupille che salivano in su come a ricercarle per nascondersi.

- Giula! Giula!

Balzò di nuovo con lei fra le braccia e tornò fuori; l'adagiò sull'erba, tra i fiori di San Giovanni, le abbassò con le dita le palpebre, preso dal terrore degli occhi bianchi senza sguardo che non fissavano più nulla sulla terra.

E non piangeva, non gridava; ma non si decideva a rimetterla sul carro e portarla così, vestito da sposo, al suo paese. Rimase lì tutto il giorno: il tramonto tinse di sangue le macchie, le pietre intorno; poi sparve anche l'ombra del *nuraghe* e tutto fu un'ombra intorno alla donna morta. Seduto sull'erba egli la guardava, e gli pareva che ella dormisse finalmente, dopo tante notti di fatica, con le treccie confuse con l'erba, le mani stanche e tristi di lavoro.

- Perché l'avevi accettato? Era forse più uomo di me, lui? - le domandava; e pensava alla vecchia nonna che aspettava col caffè e coi dolci e che adesso doveva cucirgli anche i vestiti da vedovo.

Infine sentì la rugiada cadere e pensò che poteva far male alla povera Giula. Tornò a sollevarla un'ultima volta e la depose sul carro, la coprì col lenzuolo abbassandolo come un'ala sopra di lei. E tolse le arance e le pervinche dai buoi e gliele mise accanto. Poi aggiogò le bestie al carro, ma non si decideva a partire.

Era già sera; la luna saliva sopra il *nuraghe*, ed egli vedeva la sua ombra nera sotto di sé. Era vedovo anche lui; ma senza servi, senza beni, senza figli. Non aveva bisogno d'una seconda moglie; ma un poco di fatica si poteva risparmiare alla vecchia nonna. Allora, senza sapere veramente cosa si facesse, rientrò nel *nuraghe* e frugò e riprese le vesti del vedovo ucciso. E le portò con sé in paese, entro la bisaccia, ai piedi della sposa. Al traballare del carro, al chiarore della luna, la bisaccia gonfia si agitava come se dentro ci fosse un agnello vivo; ed egli in fondo pensava che Dio aveva voluto tutte le cose accadute in quel giorno per castigarlo del suo delitto. Sì, era Dio che gli aveva inspirato di nascondere le vesti in quel posto, per riprenderle e fargliele indossare in segno di castigo.

Infatti le vesti gli furono riconosciute addosso ed egli fu preso, confessò e fu condannato.

IL VOTO

I due ragazzi si rividero nel posto preciso dove s'erano lasciati due anni prima, sotto la quercia storta solitaria che dal muretto dello stazzo si protendeva a guardare la china rocciosa, la landa e il mare lontano; solo, sebbene fosse notte - una notte di luglio, chiara di luna, di stelle rade sul cielo glauco crepuscolare, - entrambi s'accorsero subito di non esser più ragazzi. Non perché fossero già entrambi più alti del doppio del muretto che aveva protetto e nascosto il loro amore infantile, ma perché lui provò, al contatto di lei, la stessa soggezione, lo stesso ardore misto di desiderio e di vergogna che gli destavano le poche donne belle e giovani che incontrava nella sua solitudine; e lei si accorse subito di questa sua forza terribile.

Sulle prime non seppero cosa dirsi. Sedettero sulle pietre, fra i corti cespugli di mirto che odoravano alla luna, e il giovinetto si prese un ginocchio fra le braccia e guardò l'ombra del suo grosso piede e il piede stesso a metà coperto dalla ghetta d'orbace. Fu lei a domandare:

- Sei stato sempre sano?

- Grazie a Dio, sì. Solamente son caduto, quest'inverno, mentre cambiavamo la greggia verso Posada, e mi son rotto la gamba; ma mia madre ha portato una gamba d'argento, proprio d'argento vero, a Nostra Signora del Rimedio, e son guarito, grazie a Dio. Era argento vero; è andata proprio dall'orefice a Nuoro per farla fare. Tu non ci credi, Marià? Così Dio mi assista, era argento.

- Perché non devo crederti? Siete tanto ricchi, per far questo! Se non date gambe d'argento ai santi cosa fate?

Parlava umile, ma anche ironica. Egli però non capiva.

- Anche quando è morto nonno, per Pasqua, abbiamo regalato un quadro in ricamo a Santa Lucia: ma il nonno era ricco, malanno! Ha lasciato tutto a me, lo sai? Te l'ho scritto. Vedi, - aggiunse, sollevandosi e stendendo il braccio intorno da sinistra a destra: - il nostro stazzo è là, verso Riu de Juncu, vedi il lume? Ebbene, adesso i miei terreni vengono fin qui, e vanno fino al mare, fino alla Grotta: anche la cala è mia e se non voglio lasciar pescare posso. Ma che m'importa? I poveri possono pure pescare, se vogliono. Mia madre è donna tanto caritatevole, e poi ama il Signore, e anch'io. Non ci credi, Marianna?

Marianna s'era anche lei sollevata e animata. Sapeva benissimo delle ricchezze di lui, ma sentirle descrivere a quel modo la divertiva, e la incoraggiava nel fermo proposito di non lasciarsi scappare lui e le sue ricchezze.

Gli batté una mano sul braccio, spingendolo un po', e disse:

- E allora va a farti frate e fabbricati convento, come dicevi l'altro anno, ti ricordi? Ti ricordi? Dicevi: se mia madre non vuole che io ti sposi, quando nonno muore e mi lascia i suoi beni, fabbrico un convento e mi faccio frate... Ti ricordi, Paccià? ti ricordi?

- E chi lo sa che non lo faccia? A Roma, - aggiunse, ripiegandosi sul suo ginocchio, - a Roma ci sono molti frati?

- A file lunghe come muri; tutti brutti peggio di te.

- Sei stata sempre sana? - si ricordò finalmente lui di domandarle.

- Io sì, grazie a Dio. I primi giorni mi girava la testa, per la gente e le carrozze. Sembra il mare. Ma poi mi sono abituata, e la cuoca della mia padrona mi ha insegnato come bisogna passare per non essere investiti dalle carrozze.

Egli osservò, pensieroso:

- Che diavolo di luogo! Quante anime ci sono? Gente ricca!

- Ricchi e poveri! - disse Marianna con allegria dispettosa. - Come qui lo stesso, cosa credi?

- Tu andrai ancora con la tua padrona? E il marito non viene qui, quest'anno?

- Verrà a riprenderci, in agosto: sì, io me ne andrò ancora e non tornerò mai più. Che cosa vengo a fare, qui, Paccià? Tu non mi vuoi più.

- Chi ti ha detto questo? Io ti voglio: ho fatto voto di sposarti e ti sposerò. Ma bisogna aspettare perché mia madre non vuole. Tu lo sai com'è mia madre. Donna di coscienza, sì; ma dice ch'io non devo sposare una donna che ha girato il mondo.

Marianna ascoltava: aveva accostato il viso zingaresco, tutto occhi e tutto bocca, al viso di lui, ed egli sentiva l'odore dei capelli di lei misto al profumo dei cespugli intorno.

- Perché? Che cos'è una donna che gira il mondo? Rispondi, stupido corvo!

- Tu lo sai, perché farmelo ripetere?

- Dillo, dillo, Paccià! Mi fai ridere.

E rideva, infatti, mostrandogli tutti i denti, dolorosa e crudele.

- Ah, tu non lo vuoi dire, saetta mortale! È perché avete paura che pecchi, una donna che va per il mondo a guadagnarsi il pane? E allora perché non mi avete preso con voi, nel vostro stazzo, quando la mia padrona s'è sposata ed è andata via? E siamo quasi parenti, con te, con tua madre, malanno vi colga! Ma voi date l'argento ai santi, non il cuore al prossimo. E tua madre era contenta, anzi, che io andassi via perché così sperava che tu mi dimenticassi. Ma tu, no, non mi dimentichi; no, vero? Tu hai fatto voto di sposarmi, e mi sposerai: ma questo non basta. Quando la cuoca della mia padrona ha saputo questo, del tuo voto, mi disse: il suo voto non vale se non lo fai anche tu. E siamo andate assieme a San Pietro, ed io ho fatto voto di sposarti; Paccià, intendi? Ho fatto voto in San Pietro, sotto i veri occhi di Dio, e mi considero tua moglie. Intendi, Paccià, intendi? Oh Paccià!

Paccianu non intendeva: ma ella gli prese la grossa mano dura fra le sue e cominciò a lisciargliela, piano piano, con le sue dita di signorina, sottili e profumate, e pareva volesse scaldarla, quella grossa mano di pastore eremita, e rammollirla, rianimarla, come quella di un annegato; ed egli tornò a sollevarsi e con la mano libera si accomodò la berretta che gli scivolava sui lunghi capelli selvaggi.

Marianna gli parlava sul collo, piano, confidandogli il suo segreto.

- Sì, la cuoca mi vedeva triste, sempre sempre a piangere. Finalmente le raccontai tutto: le dissi: «Cosa credi? Io ho l'innamorato, laggiù; è ricco, ha due stazzi, quello di sua madre e quello di suo nonno, e un salto intero, sì, quasi la metà del salto fra San Teodoro e Posada. È più ricco del nostro padrone, che pure prende cento scudi al mese. Ebbene, se Dio vorrà, mi sposerà, perché ci conosciamo da quando avevamo sette anni e lui veniva nello stazzo dei miei padroni. Siamo andati assieme alla festa di San Paolo a Monti e assieme a quella del Rimedio; lì egli fece voto di sposarmi. Ma sua madre vuole che egli sposi una donna ricca, e il tempo passa così». Allora la cuoca mi disse: «Cara mia, se tu lasci passare ancora il tempo così, ti rimarrà un mucchietto di mosche in mano. Cerca di sposartelo adesso che è ancora tenero, il tuo ragazzo, altrimenti sua madre gli farà sciogliere il voto!». «Ma come devo fare?» domandavo io. Allora mi disse, ma rideva, quell'indemoniata: «Ebbene, fa voto tu pure; prometti di esser sua moglie e comportati con lui come tu lo fossi davvero. Se, come tu dici, la madre è donna religiosa, non potrà opporsi più». E così siamo andate a San Pietro. C'era vento, mi ricordo: le fontane battevano l'aria come code di cavallo. La piazza è grande come la vostra tanca, Paccià, cuore del cuore mio. Diglielo, a tua madre, che ho fatto il voto; siete tanto religiosi, voi! Le ho portato una medaglia benedetta dal Papa, a tua madre: verrò domenica a portargliela e non mi manderà via, spero, per l'anima mia! E se mi manda via fa niente, sia per l'amor di Dio: tanto io mi considero oramai tua moglie, e se anche tu sposi un'altra e sarai scomunicato ti verrò addietro come la tua ombra, e sarò la tua vera moglie davanti a Dio. Intendi, Paccià, anima mia? Perché non mi dai un bacio? Tanto è come fossimo sposati, oramai, davanti a Dio. Perché tremi, cuore mio? Eppure sei coraggioso come un leone!

Ai primi di settembre arrivò il padrone, capo sezione e cavaliere, uomo di mondo, uomo, dicevano i suoi cognati ricchi pastori, che aveva mangiato pane di sette forni. Doveva portarsi via la moglie, il bambino e la serva; ma questa era verdastra in viso, magra, allegra d'un'allegria folle che la faceva ridere fino a darle il capogiro. Il padrone, dunque, andò nello stazzo di Riu de Juncu. Era una domenica e la madre di Paccianu era sola nel vasto casolare circondato di roccie e di fichi d'India: seduta sulla panca davanti alla porta recitava il rosario e si alzò con calma per ricevere lo straniero. Era una donna alta, energica, col viso duro, metà della persona avvolta in una gonna nera gittata sul capo.

Il padrone di Marianna capiva che c'era da sperar poco; ma tentare bisognava. Non volle entrare nello stazzo: sedette sulla panca accanto alla donna e le disse ch'era venuto per chiederle la mano di Paccianu, come s'usava in continente.

Ma la donna non aveva voglia di scherzare e rispose calma, implacabile:

- In continente s'usa domandare i ragazzi e in Sardegna s'usa rifiutare.

Fortunatamente ecco Paccianu che arriva a lunghi passi, calmo anche lui ma un po' ansante per la corsa fatta. Sua madre non lo aspettava fino a sera: lo guardò e tacque.

Allora il padrone di Marianna si alzò e cominciò ad andar su e giù davanti alla donna, guardandosi i piedi, con le mani nelle tasche dei calzoni. La cosa era più difficile di quanto egli avesse pensato; ma tentare bisognava.

- Capirete, gente di Dio, io non posso assumermi la responsabilità. La ragazza è gravida; è minorenne. Tu, galantuomo, cosa pensi? Io spero che tua madre ti ordini di sposare Marianna.

- Mai: prima mi cascherà la lingua - disse la donna, implacabile.

Paccianu s'era seduto sulla panca; ed ella si alzò, quasi non volesse avere più contatto con lui.

- Parla tu, galantuomo! - disse il padrone di Marianna.

Paccianu faceva scorrere da una mano all'altra il rosario lasciato da sua madre sulla panca; era livido ma fermo in viso.

- Io partirò per l'Africa con Marianna. Andremo a lavorare. Madre, maleditemi, se volete; ma io e la ragazza siamo sposati davanti a Dio.

Il padrone si fermò di botto a guardarlo: era furbo o pazzo, Paccianu? Il padrone, sebbene uomo di mondo, non seppe dirselo: intese però che si trovava davanti a due volontà egualmente ferme, e stette ad ascoltare.

- Chi è il prete che vi ha sposato? - domandò la madre.

- Lo volete sapere? San Pietro stesso. Sì, madre, maleditemi, se volete; ma la ragazza è andata a San Pietro ed ha fatto voto di sposarmi. E così ci consideriamo già marito e moglie. È volontà di Dio.

Di lì non lo smossero. E una sera, prima di partire, il padrone e la padrona di Marianna andarono nello stazzo di Riu de Juncu per sapere qualche cosa di definitivo. La madre di Paccianu era triste, agitata; andava su e giù pestando i piedi e con le mani sulle orecchie; ma finalmente si calmò, sedette accanto alla signora e disse:

- E che si sposino, giacché hanno fatto il voto. Sia fatta la volontà di Dio.

L'USURAIO

L'usuraio moriva e le donne avevano mandato a chiamare il prete per confessarlo.

Del resto l'usuraio era stato sempre un buon cristiano; tutti gli anni faceva il precetto pasquale e lo si vedeva spesso in chiesa, inginocchiato sulla panca dei poveri, con gli occhi corrucciati rivolti al grande Crocifisso sopra l'altare: pareva rimproverasse a Cristo di costringerlo a fare quel mestiere. Inoltre aveva preso in casa, facendole venire dal suo paese, un mucchio di nipoti povere, già anziane, superbe, che non trovavano marito perché quelli che le cercavano erano giovanotti scapestrati e di mala gente, e quelli che volevano loro, nobili spiantati o anche giovani di buona famiglia, pure prendendo denari dall'usuraio, le disprezzavano a causa di questo.

Il vecchio prete andò verso sera, dopo fatto il giro degli altri ammalati: non aveva fretta, anzi camminava più a stento del solito, appoggiandosi al suo grosso bastone da pastore, e nel salire la scaletta dell'usuraio si fermava stanco ad ogni scalino e col viso basso faceva qualche smorfia di disgusto.

La casa era povera, scura; una casa antica con scalini su e giù ad ogni uscio, le stanze basse, i pavimenti di legno che scricchiolavano. Il caldo torrido di quella sera d'agosto la rendeva più triste. Anche nella camera da letto il mobilio non dimostrava le favolose ricchezze attribuite all'usuraio. Era insomma ancora l'umile abitazione di una ragazza orfana di buona famiglia decaduta, presso la quale, quarant'anni prima, arrivando al paesetto con due o tre pezze di tela e di scarlatto sulle spalle e il metro in mano, da mercante girovago qual era, l'usuraio aveva preso in affitto una stanzetta sulla strada, per pochi giorni, cioè finché durava la festa del patrono del villaggio, fermandovisi poi per tutta la vita.

Il vecchio prete riconosceva bene quella camera: era la camera dell'antica padrona; il letto di legno, con una coltre di lana gialla e nera ricamata come un arazzo e i guanciali di percalle rosso, era lo stesso ch'egli aveva tante volte benedetto, il sabato santo, nel suo giro per le case del paese; l'armadio e la cassapanca gli stessi donde Alessandra Madau prendeva le monete che gettava nel secchio dell'acqua santa e le focacce di pasta gialla che metteva nella bisaccia tenuta dal sagrista. Ma accostandosi al malato, il prete ricordava pure che Alessandra Madau non era morta lì, nel suo letto verginale; l'usuraio, da mercante girovago divenuto proprietario, l'aveva cacciata via dalla casa, comprata da lui, e vi si era messo lui, nel nobile letto, come il gufo nel nido della colomba.

E dava proprio l'idea di un gufo, con quel suo viso perfetto da usuraio, col naso adunco, gli occhi rotondi, sporgenti sul viso pallidissimo, i capelli bianchi arruffati sul cuscino rosso al quale il chiarore di un'antica lucerna d'ottone appesa alla colonna del letto dava un colore di sangue coagulato.

Aveva la febbre alta, ma riconobbe benissimo il sacerdote e gli tese subito la mano come chiedendo aiuto.

E il suo viso a poco a poco mutò espressione, a misura che il prete gli parlava e gli stringeva con più calore la mano: gli occhi si socchiusero, diventarono lunghi, quasi dolci, le labbra, sui denti ancora intatti, ripresero un po' di colore; il viso bianco si compose, parve una maschera di marmo. Cosa strana: sembrava un altro, quasi giovane, quasi bello.

Il sacerdote lo guardava, senza smettere di stringergli il polso magro dentro il quale pareva scorresse una vena sola, tumultuosa e infocata. E come portati via da quell'onda di febbre mortale anche i pensieri diffidenti e i giudizi aspri del prete si dileguavano: gli rimaneva solo la pietà del cristiano vivo per il cristiano prossimo alla morte.

Dopo la confessione l'usuraio tenne ancora stretta nella sua la mano del prete: pareva avesse paura a lasciarlo andare o volesse ancora dirgli qualche cosa.

Di tanto in tanto sollevava un poco la testa bianca, sul cuscino rosso, e guardava verso l'armadio collocato rasente alla finestra ove le mosche, illuse dal chiarore arancione della luna sorgente, si dibattevano ancora contro i vetri.

Il prete sudava, per il caldo afoso della camera chiusa e per il calore che gl'infondeva la mano del malato. D'un tratto provò un senso di vertigine, gli parve d'avere la febbre anche lui e si sentì gelare il sudore. Uno sportello dell'armadio si era aperto cigolando, e dentro era apparso come un fantasma: una donna che dava le spalle alla stanza, con la gonna nera pieghettata, il giubboncino a falde, il fazzoletto frangiato ricadente fin sugli omeri:

Alessandra Madau quale la si vedeva nei giorni di festa, quando andava in chiesa a passi misurati calma e composta come una nobile dama.

Un tremito cominciò a scuotere il malato; il suo viso tornò a farsi brutto, contraendosi come quello d'un neonato che vuol piangere e ancora non sa piangere; e un gemito sottile, un lamento non umano, che rassomigliava al cigolio dello sportello, gli uscì dai denti stretti. Per alcuni momenti lottò contro questo turbamento di cui pareva provasse un'angosciosa umiliazione: poi si lasciò vincere; lagrime e lagrime gli bagnarono il viso, gli penetrarono in bocca e nelle orecchie; i denti si aprirono e il prete lo sentì gemere parole insensate.

- Sei lì... sei ancora lì!... perché non te ne vai? Vattene, vattene... sono stanco, non ne posso più.

Poi tacque, si calmò. Si passò le mani sul viso, asciugandosi le lagrime, si palpò a lungo la fronte, le guancie, la bocca, come per rimettere a posto i suoi lineamenti stravolti: non ci riusciva, però, perché le dita gli tremavano ancora.

Il prete, intanto, per far cessare la causa di tanto dolore, si era alzato e col bastone spingeva lo sportello quasi gli ripugnasse di chiuderlo con la mano; lo sportello però si ostinava a riaprirsi, a ripetere il cigolio, e per mostrarsi solidale, si aprì anche l'altro sportello, con un cigolio diverso, infantilmente beffardo. Il prete allora li spinse tutti e due con le mani, ma appena li lasciò, tutti e due uno dopo l'altro si riaprirono: pareva si divertissero a disobbedire. Incuriosito egli guardò meglio dentro l'armadio; non sentì che un forte odore di canfora e non vide che quel completo costume da donna attaccato con tanta cura che pareva indossato da un corpo umano.

Finalmente riuscì ad accostare gli sportelli, che a dire il vero non avevano più né ganci né serratura, e diede su di essi anche un colpettino col bastone per castigarli: poi tornò verso il letto e si chinò per congedarsi dall'usuraio.

Questi però gli riafferrò la mano, con una stretta tenace.

I suoi occhi guardavano implorando. Infine, che voleva? Aveva tanta paura e tanto rimorso?

- Infine, calmatevi! Che volete? Su, mettetevi in pace con Dio.

- Con lui sono in pace - mormorò allora il malato; e d'improvviso si alzò sulla schiena e scivolò dal letto.

Il prete se lo sentì addosso, nudo, scarno, tremante e caldo, e lo sostenne sforzandosi a non gridare per non spaventare le donne, di là nelle camere attigue.

- Ma infine... ma infine?...

- Conducetemi - pregava il malato; e più che condurlo, il prete si lasciò spingere da lui verso l'armadio.

Al tremolio dei passi gli sportelli si riaprirono, riapparve il vestito, e l'usuraio senza lasciare di appoggiarsi con una mano al prete con l'altra prese il lembo della gonna e lo baciò, poi se lo passò sul viso, poi cadde in ginocchio e con la fronte batté sul ripiano dell'armadio e parve voler morire così, ai piedi del fantasma.

Il prete lo tirò su, lo riprese fra le braccia e piano piano, sudando, con un senso di ripugnanza e quasi di terrore, e anche con una certa rabbia, lo ricondusse e lo rimise come meglio poté a letto.

L'armadio rimaneva aperto; ed era lui adesso a guardare, a pensare, cercando di rivivere in un tempo lontano. Seguendo il filo dei suoi pensieri domandò infine con velata curiosità:

- Che cosa dunque ci fu tra voi due?

L'usuraio, col capo di nuovo affondato sul cuscino rosso, aveva chiuso gli occhi e pareva tranquillo, ormai in pace con tutti.

- Siamo davanti al mondo della verità - mormorò. - È stata mia amica, sì. Amica sì, moglie no, non ha voluto. Si vergognava di me. Ero un mercante venuto con le pezze di tela sulla spalla... e lei era una nobile! Io le davo denari: per orgoglio lei mi pagava gl'interessi. Poi cominciarono le liti. Lei si vergognava di me. Amica sì, moglie no: poi m'insultava. Io le dissi: ti ridurrò povera, mendicante, così mi sposerai. Fu lei ad andarsene; e più diventava bisognosa più mi disprezzava: poi non volle vedermi più. Io speravo che lei tornasse qui: le tenevo pronto il vestito da sposa. Poi è morta. Così è stato: e nessuno lo ha mai saputo. Ma io... io sono sempre lo stesso: e lei è sempre stata la padrona qui...

Quando se ne andò, il prete chiuse di nuovo l'armadio; ma gli sportelli si riaprirono subito, uno dopo l'altro, e l'odore della canfora uscì come da una porta aperta sul giardino dei morti.

LA CROCE D'ORO

Eravamo quasi alla vigilia di Natale, ed io che dovevo scrivere una novella d'occasione per un giornale straniero ancora non avevo trovato l'argomento.

Allora pensai di andare a raccogliere qualche leggenda. (Vivevo ancora nell'Isola).

Conoscevo un vecchietto che ne sapeva tante: era un mezzadro d'un nostro piccolo podere nella valle: d'estate e d'autunno veniva su, curvo sul suo bastone, con la bisaccia colma sulle spalle e sul petto, e la barba che gli andava dentro la bisaccia. Quasi sempre arrivava sul tardi; la stella della sera sorrideva su noi fanciulli dal cielo lilla del crepuscolo. E il vecchietto ci sembrava uno dei Re Magi che avesse sbagliato strada e perduto i suoi compagni: la sua bisaccia era piena di cose che per noi erano più preziose dell'oro e della mirra: di frutta e di storielle.

Ma d'inverno non veniva, o veniva di rado e non c'interessava tanto perché portava le olive e le olive sono amare.

Dunque si andò a trovarlo laggiù: nella valle d'inverno si sta bene, riparata com'è; le nuvole le stendono un velo attorno come ad una culla, l'acqua si ritira tutta giù in fondo e lascia le chine asciutte. Se il tempo è bello sembra di primavera; i mandorli fioriscono, illusi dal tempo come fanno i sognatori, fiorisce il vilucchio e le olive brillano fra l'erba come perle violacee.

Il vecchietto abitava una capanna proprio romantica, addossata ad un ciglione, sull'alto dell'oliveto, riparata da macigni e cespugli; possedeva anche un alveare primitivo sui cui vasi di sughero si posavano i gatti selvatici belli come piccole tigri.

Eccoci dunque laggiù: il sole riscalda fin troppo il recinto, gli olivi son tutti d'argento e il pomeriggio è così chiaro che sulle chine del monte di faccia si vedono scintillare i rivoletti e le donne raccoglier le ghiande fra l'erba.

Il vecchietto ha sparso le olive ad asciugare nel suo recinto e toglie quelle un po' guaste. Non ha voglia di parlare; la solitudine e il silenzio gli hanno arrugginito la lingua.

Ma la serva ha portato giù una medicina buona a sciogliere le parole annodate, e il vecchietto beve e comincia a lamentarsi.

- Che storie vuoi che ti racconti? Son vecchio e ormai devo parlare solo con la terra che mi chiama. E se vuoi storie cercale nei libri, tu che sai leggere.

- Bevete un altro poco, - dice la serva, curva anche lei a scegliere le olive, - e poi raccontateci di quando dovevate sposarvi, su!

- Quella è storia vera, non leggenda; sì, te la voglio raccontare perché era proprio di questi tempi, Pasqua di Natale.

Avevo venti anni, ero fidanzato. Ero giovine molto, per prendere moglie, ma il malanno è che ero orfano di padre e mia madre era sempre malaticcia; soffriva di cuore, ma era serena e timorata di Dio e mi diceva: «Sposati, che così quando muoio io non rimani solo a portare la croce della vita, o esposto a cadere nelle mani della prima donna che capita». Pensavamo: chi scegliere? Non ero ricco e non pensavo neppure di diventarlo; mi bastava che la moglie fosse anche lei onesta e timorata di Dio. E pensa e pensa: chi sarà?

C'era una famiglia molto per bene, composta di padre, di madre e di sette figli tutti abili al lavoro e che andavano tutti a messa e a confessarsi come Dio comanda. Di questi sette figli tre erano femmine, belle, alte, sottili, con la cintura come un anello, e andavano sempre ad occhi bassi, col corsetto allacciato e le mani sotto il grembiale, non come andate adesso voi, le ragazze d'oggi, con gli occhi che pare si mangino la gente. Mia madre domandò per me la più giovane, e fui bene accolto e a Natale dovevo farle il dono col quale, come si usa, io m'impegnavo fermamente a sposarla e lei accettandolo a sposarmi. E di nuovo pensa, pensa con mia madre, a questo dono: seduti uno di fronte all'altra davanti al focolare io e lei discutevamo sempre se doveva essere una moneta d'oro, questo dono, o un fazzoletto ricamato, o un anello. Finalmente mia madre mi disse:

- Senti, figlio, tanto i miei giorni son contati e ogni passo che faccio mi allontana dalle cose della terra: prendi la mia croce d'oro e gliela doni.

E me la diede, col rosario di madreperla al quale era attaccata: ma nel darmela gli occhi le splendevano di lagrime e la bocca s'apriva per l'ansia del mal di cuore; tanto che mi fece pena e accennai a restituirgliela, ma lei non poteva parlare e solo tese la mano per respingere la mia.

Io avvolsi il rosario e la croce in un fazzoletto e poi in un altro fazzoletto ancora, e li tenni in tasca tre giorni come una reliquia; ogni tanto li toccavo, per paura di perderli, e mi sentivo, non so perché, il cuore gonfio d'amore, ma anche di un misterioso affanno.

La sera della vigilia andai dunque dalla mia promessa sposa: c'erano anche i fidanzati delle altre due sorelle e la cucina con tanta gente sembrava ed era un luogo di festa: però tutti erano seri, perché mio suocero e mia suocera col loro aspetto sereno ma imponente destavano rispetto come i santi sull'altare, e le ragazze andavano e venivano a occhi bassi, servendo il vino e i dolci ai loro fidanzati e rispondendo piano senza sorridere ai loro complimenti.

Io non mi trovavo male, in simile posto, perché ero un ragazzo serio, un orfano abituato a considerare gravemente le cose della vita; mi bastava guardare ogni tanto la mia fidanzata e se lei, quando volgeva le spalle al padre e alla madre, sollevava rapida gli occhi per guardarmi mi pareva si aprisse il cielo, e la cucina coi suoceri, i fidanzati, le fidanzate, i fratelli che scorticavano i capretti per la cena, mi pareva la Corte Celeste con Dio, i Santi, gli Angeli. Com'ero contento quella sera! Non sono stato mai così contento. Solo aspettavo con ansia il momento, dopo il ritorno dalla messa, di fare il dono alla mia fidanzata e legarmi così con lei.

Ed ecco qualcuno picchiò fuori al portone del cortile: uno dei fratelli andò ad aprire e tornò seguìto da un uomo alto, uno straniero con una piccola bisaccia al collo e un pungolo per bastone in mano.

Io lo guardai bene, mentre si avanzava silenzioso, calzato com'era con scarpe molli senza tacchi, di quelle che usano gli Olianèsi: sulle prime mi parve molto vecchio, con la sua barba corta bianca e gli occhi chiari; ma poi vidi ch'era giovane, biondiccio, stanco come venisse da un paese lontano.

Nessuno di noi lo conosceva e anche le donne lo guardavano con curiosità; ma tutti lo si credette un amico del capo di famiglia perché questi lo accoglieva cordialmente, senza però scomporsi troppo.

- Siediti, - gli disse, - di dove vieni?

Lo sconosciuto sedette in mezzo a noi, senza togliersi la bisaccia, col pungolo sulle ginocchia, i piedi parati al fuoco: ci guardava tutti ad uno ad uno ma con uno sguardo vago, sorridente, come vecchie conoscenze.

- Vengo di lontano; sono di passaggio - disse con voce ancora più calma di quella del mio suocero. - Ho pensato bene di salutarvi, poiché siete in festa.

- Sì, siamo in festa, come vedi: le ragazze son fidanzate, eccoli qui, i bravi fidanzati, forti e belli come leoni. Non ci manca nulla.

- Proprio nulla! - dissero i giovani urtandosi col gomito; e risero.

Anche le ragazze, dopo tanta serietà, parvero vinte da un senso di allegria smodata; risero e risero anche loro, e risi anch'io, e risero anche il suocero e la suocera: pareva un male che si attaccasse dall'uno all'altro: solo lo straniero restava tranquillo, guardandoci come un fanciullo, né sorpreso né offeso.

Finalmente, quando tutti si ritornò seri, disse rivolto alle donne:

- Tanti anni fa son passato un'altra volta in questo paese, e mi capitò lo stesso di andare in una casa dove c'erano fidanzati: ed erano allegri così; solo la promessa sposa mi guardava, mi guardava, e quando andai via mi seguì fino alla porta e mi disse: «Il mio vero fidanzato sei tu, io ti aspettavo, rimani e fammi il dono». Io le feci il dono, e sebbene me ne andassi ed ella si sposasse con l'altro, il vero sposo fui io, ed il suo figlio trasmetterà a voi, spose, il dono ch'io feci a lei, e voi lo trasmetterete ai figli vostri per le loro spose.

Noi ci guardavamo senza più ridere né sorridere: l'uomo ci sembrava strano, quasi pazzo, eppure, dopo l'allegria, ci destava soggezione, quasi paura.

La suocera domandò:

- E, di grazia, che dono è stato, il tuo?

- Una croce d'oro.

Allora io sentii la schiena tremarmi: il figlio dell'amica dello straniero non potevo essere che io: io solo avevo, per donarla alla sposa, la croce d'oro di mia madre. Non aprii bocca, ma da quel momento come un velo fitto mi avvolse la testa: vedevo sì, ma confuso, e le orecchie mi ronzavano e non distinsi più le parole che si scambiavano lo straniero, la suocera, i giovani.

Sentivo un gran dolore, un peso, un peso che mi stroncava le reni, come se la croce d'oro dentro la mia tasca fosse d'un tratto diventata grande massiccia e mi gravasse sopra le spalle.

Poi lo straniero, dopo essersi scaldato i piedi, se ne andò, alto, silenzioso, col suo pungolo in mano e la bisaccia al collo.

- Chi era? - domandò la suocera.

- E chi lo conosce? - rispose il suocero. - Io non l'ho mai conosciuto, ma la sua figura non mi è nuova. Sì, devo averlo veduto, tanti anni fa, forse quando veniva di nascosto a visitare la sua amica.

Ed io zitto. Di nuovo tutti si erano ricomposti, seri, gravi: e le ragazze andavano e venivano preparando la cena, ma la mia fidanzata, pallida, a occhi bassi, non mi guardava più. Il cuore mi batteva, e attraverso quel velo che, come dico, mi avvolgeva la testa, mi pareva di vedere gli occhi dei vecchi e dei giovani volgersi di tanto in tanto a me con diffidenza.

Così arrivò l'ora di andare alla messa; ci alzammo, ma io mi sentivo sempre più grave, barcollante sotto il mio peso, e inciampavo come un ubbriaco. Andavamo in fila, le donne avanti, gli uomini dietro; arrivati in chiesa ci mescolammo alla folla, ed io mi scostai piano piano, indietreggiando, fino al battistero, fino alla porta, fino all'ingresso... e là volsi le spalle alla casa di Dio e fuggii come inseguito dai demoni. Andavo come un pazzo, e girai di qua e di là fino all'alba: all'alba tornai a casa. Mia madre era già alzata; accendeva il fuoco e sembrava tranquilla ma pallida come avesse vegliato tutta la notte; vedendomi così stravolto credette mi fossi ubbriacato e spiegò la stuoia per farmi coricare. Mi disse solo:

- Cattiva figura, hai fatto, figlio caro! Io mi buttai per terra, morsicai la stuoia; poi mi alzai in ginocchio, trassi la croce d'oro, la storsi, ruppi il rosario e i grani balzarono per terra fuggendo: pareva avessero paura di me. Mia madre anche lei cominciò ad ansare. Allora ebbi pietà e le raccontai tutto.

- Come potevo fare? - gridavo. - L'amica dello sconosciuto, dello straniero, siete stata voi; e potevo dar la croce vostra alla mia fidanzata? Mi guardavano tutti, indovinando: io sono fuggito per la vergogna.

Mia madre però s'era calmata; raccolse i grani nel suo grembiale e cominciò a infilarli. Così lasciò che anch'io mi chetassi; poi disse:

- E perché non potevano essere gli altri due, i figli dell'amica dello straniero?

- Perché loro avevano monete d'oro, da regalare alle spose, non croci...

- Anche le monete hanno la croce, - ella disse, - ascoltami. In casa di tutte le spose passa lo straniero e regala loro una croce. Credi tu che anche le tre ragazze, stanotte, non gli sieno andate appresso? Sì, e anche loro hanno avuto la croce, e i figli saranno figli di lui. Come sei semplice! - disse infine vedendo il mio stupore. - Tu non credi in Dio? Sì, tu credi in Dio e in Cristo, e sai che Cristo non è morto. Vive sempre, è nel mondo, con noi, e gira, gira, va nelle case, benedice moltiplica il pane a chi gli fa l'elemosina, benedice e fa dolce come il vino l'acqua a chi ha il cuore buono; e a tutte le spose regala una croce: d'oro, sì, ma croce! Era lui, e tu, semplice, non l'hai riconosciuto!

Così la croce - concluse il vecchietto - rimase tutta a me!

DRAMMA

Nelle ultime settimane di quaresima, sebbene tutti gli uomini fossero in paese per il precetto pasquale e per le cerimonie sacre, ma appunto perché essendo tempo di penitenza nessuno osava ubbriacarsi, la *Rivendita* della bella Ilaria rimaneva deserta.

Ilaria stessa si sarebbe fatta scrupolo del contrario: eppure stava ferma in attesa, al solito posto, nera e rigida come una vedova, seduta davanti al grande camino la cui fiamma dava all'ambiente, col suo chiarore rossastro, un colore d'antica taverna. Del resto ella stava lì tutto il giorno; solo alla notte si ritirava nella camera attigua, per dormire: e nessuno conosceva la camera attigua. Tutti gli uomini che frequentavano la bettola conoscevano però l'angolo del camino al quale s'accostavano per scaldarsi le mani ruvide, o per prendere con le dita una brage e accender la pipa, o meglio ancora per tentare di far la corte a Ilaria. Ma se la brage si lasciava prendere, Ilaria era più intoccabile della brage. Taciturna, non rispondeva neppure alle proposte degli uomini; solo li guardava coi grandi occhi verdognoli foschi nel viso pallido chiuso da un panno nero quadrato allacciato sotto il mento da una catenella d'argento; li guardava triste e minacciosa, poi accennava loro l'anta del camino. Sull'anta nera del camino c'erano, segnate con la punta d'un temperino, dodici tacche: dodici anni da che suo marito scontava la pena per aver ucciso un uomo che si vantava di esser l'amante di lei.

Era giusto in quei giorni, verso Pasqua, che ella incideva il segno sul camino; e leggendo stentatamente il libro della Settimana Santa accomunava la sua passione con quella di Cristo: sì, erano state settimane terribili, poi tre giorni di morte, durante il dibattimento e la condanna del marito; poi anche lei s'era svegliata; ma la pietra del suo sepolcro non s'era più mossa.

La vita ferveva intorno a lei, nelle grida, nella gioia, nelle sbornie e nelle collere violente degli uomini che la circondavano: lei taceva, come morta, ferma al suo posto, in fondo alla taverna dalla cui porta sempre spalancata si vedeva solo una linea bianca di stradale chiusa da un ciglione erboso, sopra il quale, sullo sfondo desolato del cielo, passavano di continuo, lenti col muso per terra, cavalli e buoi al pascolo. A volte il silenzio e l'immobilità intorno le davano l'impressione che tutto, il mondo lontano grave della pena di suo marito, il mondo vicino grave della pena di lei, tutto fosse un sogno, un sepolcro quieto. Eppure, in fondo, sotto questa morte apparente ella non faceva altro che aspettare. Un giorno, dunque, verso la fine di quaresima, mentre lei dormicchiava col libro fra le mani, un uomo, un adolescente quasi, alto, pieghevole come una donna, guardò dalla porta, sporgendosi diffidente come uno che fugge un pericolo e cerca un rifugio.

Ilaria spalancò gli occhi, ma credette di continuare a sognare. L'uomo entrò, curvandosi sotto la porta tanto era alto, e andò a sedersi al tavolo in fondo accanto alle botti violacee: non domandò nulla: mise i gomiti sul tavolo, il viso bruno fra le mani bianche e cominciò a fissare Ilaria sorridendole ma anche irridendola con gli occhi neri scintillanti fra le dita. Anche lei lo guardava, e la catenella le tremava sotto il mento per la commozione. Finalmente si alzò e andò davanti al tavolo.

- Che cosa comanda, don Mattia?

- Dammi vino d'Oliena, se ce l'hai.

Mentre egli beveva, ella ritornò al suo posto e rattizzò il fuoco. Il cuore le batteva: le sembrava d'indovinare perché l'uomo era venuto e aspettava ch'egli parlasse.

Infatti, eccitato dal vino, fu lui il primo a parlare.

- Ebbene, Ilaria, che pensi? Già lo so. Tu credi che mi abbiano mandato mia moglie e mia suocera. Tu pensi che loro sieno andate a confessarsi, e che il confessore abbia detto loro: ebbene, perdonate, donne, esaudite il desiderio di quella disgraziata: firmate la domanda di grazia per suo marito. Sì, Ilaria, il prete è venuto da noi, un giorno, e portò la tua ambasciata, e disse: «Ilaria è certa di ottenere la grazia per suo marito se la domanda è firmata dalla vedova e dalla figlia della vittima». Sì, forse è così, forse davvero si può ottenere. Ebbene, tu credi che quelle donne acconsentano?

Ilaria s'era voltata tutta d'un pezzo sul suo sgabello, rigida, con gli occhi grandi supplichevoli pieni d'una luce ardente. L'uomo sorrideva, crudele, coi denti violacei per il vino denso bevuto.

- Sì, va e prova a passar loro accanto; ti strangolano. Lo sai cosa dice mia suocera? Che eri tu a provocare il morto: tu, bella, perché lui era ricco e un uomo ricco, sebbene anziano e ammogliato, fa sempre gola a un'ostessa... se non altro perché le serve di richiamo nella sua osteria.

Mentr'egli parlava le pupille di Ilaria si dilatavano come per un dolore fisico: non rispose: tornò a volgersi verso il camino e si piegò, sebbene non rattizzasse più il fuoco. La sua folle speranza era dunque caduta: i suoi nemici non perdonavano, ed a lei non importava null'altro, nel mondo. Lasciò quindi che l'uomo, sempre più ubbriaco, parlasse.

La calunnia, l'odio, la minaccia dei suoi nemici, neppure la curiosità di sapere perché don Mattia, dopo due anni di matrimonio durante i quali per ordine della moglie e della suocera non aveva mai più rimesso piede nell'osteria, tornasse d'un tratto e si divertisse a tormentarla, nulla più la scuoteva.

D'altronde, dopo aver con frasi vaghe ricordato gli anni in cui da piccolo nobile spiantato frequentava l'osteria con gli amici perché non sapeva dove andare, egli tacque, e solo il lieve rumore del vino versato dall'alto della bottiglia nel bicchiere, ruppe di tratto in tratto il silenzio. E il silenzio era tale che si sentiva un bambino fischiare in lontananza, dietro il ciglione, e pareva che il mondo finisse lì, nella linea dei cespugli di ruta grigia confusi con le chiare nubi di marzo.

Ilaria aveva quasi paura a voltarsi. Aveva di nuovo l'impressione d'un sogno. Leggeva ma capiva meno che mai le parole del libro. Finalmente qualcuno arrivò: era un pastore, un ubbriacone impenitente, che s'era comunicato poche ore prima, ma non riusciva a ripartirsene senza aver visitato Ilaria.

Anche lui parve spaventarsi alla vista di don Mattia: entrò in punta di piedi e si piegò sui calcagni davanti al fuoco, volgendo il viso a Ilaria e ammiccando.

- Adesso, eh, m'uccidano, quando quelle donne lo sanno!

Ilaria lo guardò senza parlare.

- Morranno di bile, si spaccheranno, con la loro superbia, come melagrane mature.

Silenzio di Ilaria.

- Che egli è qui, per far loro dispetto. Ha litigato, con la suocera e con la moglie: tutti lo sanno. Ha litigato, perché lo tengono chiuso nel pugno come un loro servo... Si capisce: loro son ricche; lui vive alle loro spalle.

Il pastore parlava sottovoce; Ilaria si volse per vedere se don Mattia ascoltava. Don Mattia, col viso fra le mani, gli occhi chiusi, dormiva. La pace tragica dell'uomo che s'è vendicato e dopo la vendetta si riposa, gli stirava i lineamenti fini ma gli dava anche un aspetto cadaverico. Ilaria, che lo aveva conosciuto bambino, orfano, abbandonato in mani di parenti poveri, che lo aveva poi veduto adolescente ozioso, e d'un tratto ricco e schiavo, lo guardò un attimo con pietà; poi tornò a volgersi verso il fuoco e il suo viso si rifece duro, fermo.

La frequenza di don Mattia cominciò presto a preoccuparla. Egli era sempre lì e parlava male della suocera con gli antichi amici ed anche coi clienti più grossolani. Passata la Pasqua, specialmente il sabato sera e la domenica la bettola era piena di gente.

Egli era sempre lì, anche di mattina, e qualche donna curiosa passava apposta nello stradone per guardare dentro la bettola.

Un giorno il prete andò a trovare Ilaria.

- Lo sai che è uno scandalo. Tutto il paese dice che sei stata tu ad attirare Mattia, che lo hai mandato a chiamare e lo tieni qui e lo ubbriachi perché quelle donne non hanno firmato la domanda. Ebbene, cosa pensi, Ilaria? Tu non sei stata a confessarti.

Ilaria stringeva i denti per non imprecare; la catenella le tremava sotto il mento convulso.

- Ilaria, - disse il prete, battendole benevolmente la mano sulle ginocchia, - lo sappiamo che non è vero: io, tu e lui, lo sappiamo, e forse anche qualche altra persona che lo afferma pur sapendo di mentire.

Ebbene, tu lo sai: non importa la verità, importa l'apparenza. Manda via Mattia; ch'egli torni a casa, che la smetta coi dispetti: egli è innamorato di sua moglie e viene qui per stordirsi.

Ilaria gli domandò:

- L'hanno mandata quelle donne?

- Sì - confessò il prete.

- E allora senta: dica loro che mi diano la firma sulla domanda ed io mi impegno a cacciar via don Mattia dalla bettola.

Le trattative durarono parecchi giorni: finalmente il prete portò la carta firmata.

Giusto quella sera Mattia s'indugiava nella bettola, bevendo e giocando; era preoccupato, però, e anche quando gli altri se ne furono andati rimase là pallido e stravolto come quel giorno della sua prima visita.

Era tardi: la luna grande sorgeva fra i cespugli del ciglione e pareva guardasse sogghignando dentro la bettola. Ilaria si alzò e si appoggiò con le mani al tavolo.

- Don Mattia io le vorrei chiedere una carità: se ne vada e non torni più: la gente mormora e dice che son io ad attirarla qui. Io spero che mio marito torni presto. Se ne vada: abbia pietà di me.

- È mia suocera che ti calunnia, lo so - disse l'uomo. - Meglio.

- Come, meglio? Che male faccio io a Lei, don Mattia, perché Lei permetta che mi si calunni?

- Tu non mi fai male: è lei, impiccata sia, che mi fa male. Ma ho giurato di farla morire di crepacuore e cosi sarà!

- Don Mattia! È Lei il malvagio! Lei è un ozioso e un vizioso.

- Oh, oh - egli disse sorpreso del coraggio di lei: poi si mise a ridere. - So che ti hanno firmato la domanda, per cacciarmi via. Ma la firma di mia moglie non è valida senza la mia. Ebbene, per farti vedere che non sono un malvagio come tu dici, ebbene, firmo. Dammi la carta.

Ilaria gliela diede: mentre guardava la carta egli disse:

- Sì, tuo marito ha scontato metà della pena, ha sempre avuto buona condotta e probabilmente otterrà la grazia. Era ubbriaco, quando commise il delitto, era tanto giovine, e tu anche eri giovine, Ilaria, quanti anni avevi?

- Venti, don Mattia - ella disse ponendogli davanti il calamaio; ma con sorpresa prima e con terrore poi vide che l'uomo si metteva in tasca la domanda senza firmarla.

- Ebbene, tu hai ragione, Ilaria: se egli torna può uccidermi. È forse questo che vuole mia suocera.

Allora Ilaria si strinse la testa fra le mani, sotto il manto nero; le parve d'impazzire: cadde in ginocchio, gridò, tese le braccia convulse.

- Mi dia la carta! Mi dia la carta!

Egli andò a chiudere la porta; tornò al suo posto mentr'ella si alzava appoggiandosi al tavolo, e le disse con tristezza:

- Senti, Ilaria, senti; non gridare, volgiti, non aver paura. Ti restituirò la domanda, anzi la spedirò io e la raccomanderò a chi può. Te lo giuro sul Cristo. Volgiti, guardami. Io posso farti violenza e non voglio. Guardami: non vedi che sono un disgraziato peggio di te?

- Ma che cosa vuole da me? - gridò lei, volgendosi a guardarlo.

- Vieni qui accanto e te lo dirò.

Ed ella piano piano come affascinata fece il giro del tavolo, si piegò su di lui e si lasciò baciare piangendo.

Ma passò un anno prima che egli tenesse il giuramento. La carta gli restava in saccoccia. Ilaria avrebbe potuto rubargliela e spedirla: e non lo faceva. Sulle prime per scrupolo di coscienza: non voleva servirsi delle firme poiché non solo mancava alla promessa fatta per ottenerle, ma legava a sé l'uomo col vincolo del peccato. Il prete era tornato da lei: ella chinava la testa e rispondeva:

- Che posso far io?

Un anno dopo verso Pasqua fece la tredicesima tacca sull'anta del camino, poi trasalì come per una rivelazione improvvisa. Si accorse che aspettava sempre; ma adesso aveva paura che il tempo passasse.

Un giorno Mattia sedette al tavolo, pallido e stravolto come la prima sera che Ilaria lo aveva baciato.

- Sai che mia suocera muore? Sono i crepacuori cha le ho dato io che l'uccidono.

Ilaria non rispose: lo sapeva.

- Fra giorni, forse domani stesso, appena lei sarà morta, io diventerò il capo della famiglia. Bisogna ch'io non venga più qui: bisogna che io ritorni in me, che mi ricordi di esser un uomo, un cristiano. Anche mia moglie è sofferente, ed è buona con me, adesso, sembra un'altra. Ilaria, bisogna essere buoni, nel mondo, altrimenti tutto si sconta.

Lei non rispose: lo sapeva.

- Ilaria, - egli disse piano, curvandosi a guardare da vicino le macchie di vino sul tavolo, - spedirò la domanda di grazia e un deputato parlerà al ministro. Sei contenta?

Ella si piegò livida stringendosi la testa fra le mani sotto il manto come quella volta.

- Ah, Mattia! Miserabile! Adesso lo fai, adesso?

Ma egli era insensibile: pareva dormisse come quel primo giorno ch'era andato da lei ad ubbriacarsi.

- Mattia, io non posso staccarmi da te adesso. Mattia, egli ti ucciderà se torna!

- Non importa: se mi ucciderà vuol dire che devo scontare il peccato.

- Mattia, dammi la carta! La manderò io.

Ella tendeva le braccia convulse, supplichevole come quella sera. Ma egli sollevò rapido gli occhi e sorrise fugacemente, coi denti crudeli: poi riabbassò la testa.

- Ilaria, l'ho già mandata io.

QUELLO CHE È STATO È STATO

Sebbene avesse fermamente promesso a sé stessa di non commuoversi, appena entrata nella casa che non era più della nonna e quindi neppure più sua, ma dove la nonna viveva ancora, o per dir meglio moriva, la grande e forte Caterina si sbiancò nel viso che una volontaria durezza rendeva più puro e più fermo ma, come quello dei bambini imbronciati, anche un po' comico.

L'atrio era deserto, attraversato dalla corrente dell'aria fresca di febbraio e dalla musica di un organino che suonava un ballabile in una casa di faccia.

In fondo ella rivide la porta socchiusa sull'orto pietroso sopra la valle e le sembrò che il vento lieve, entrando di laggiù, le venisse incontro a salutarla in assenza dei nuovi padroni; allora per scrupolo si affacciò alla cucina deserta, pensò che certo i suoi cugini in secondo grado, ai quali era stata venduta la casa, erano su nella camera della nonna malata, e con pochi salti, agile nonostante l'intontimento del lungo viaggio, fu su per la ripida scaletta di pietra tutta ad una rampa illuminata da un finestrino tondo in alto: la ripida scaletta che conosceva bene i suoi piedini nudi e le sue manine di bimba, come i graniti del monte lassù davanti al finestrino conoscono le zampette delle cerbiatte.

Arrivata sul pianerottolo freddo e luminoso, eccoti di nuovo, sempre a dispetto della promessa di non commuoversi, un'ombra bianca sul viso e anche un po' di battito di cuore, certo a causa della ripida scaletta.

Mentre deponeva la piccola valigia per terra si rivide arrampicata alla parete, coi piedini scalzi penduli in qua e la testa scarmigliata pendula in là fuori del finestrino sopra la valle rocciosa, dentro la quale il monte pareva avesse versato tutte le sue pietre per restarsene libero e verde come un solo cespuglio, sul cielo roseo; ma sollevandosi si accorse che adesso la sua testa sorpassava il finestrino e che bisognava chinarsi per rivedere il monte alla propria altezza.

Eppure doveva crescere ancora: aveva diciannove anni e ancora doveva, oltre che crescere, studiare per prendere la patente della Scuola di Magistero; passò dunque senza commuoversi: se era già più alta dei suoi professori perché non poteva essere più alta delle sue montagne? Del resto la sua statura le dava noia, la costringeva a spendere il doppio per i vestiti, a pensare che non avrebbe mai potuto sposare un uomo basso, fosse pure un grand'uomo; a chinarsi per ascoltare i segreti delle sue compagne piccole: e così dovette addirittura inginocchiarsi per essere con la testa al pari della testa della nonna coricata su un letto basso profondo.

Nel riconoscerla, la vecchia nonna malata aveva spalancato gli occhi grandi neri cerchiati di luce come gli occhi della rondine: il viso rosso di febbre parve gonfiarsi di sangue, per un senso quasi di terrore; poi tornò bianco, vuoto, tremulo fra le treccioline dei capelli grigi.

- Nonna, nonna, nonna mia! Mi sembrate la nonna di Cappuccetto rosso che ha paura del lupo!

Infatti la nonna continuava a guardarla, grigia e spaurita come un uccello malato, sprofondata nel suo gran letto che aveva odore di piume vecchie, di nido guasto.

- Sono io, nonna. Sono la vostra Caterina: mi avete voluto, eccomi qui. Ma perché vi siete ammalata, poi? Non dovevate ammalarvi.

Le aveva preso la testa calda fra le mani e pareva le rimproverasse davvero di essersi ammalata, lei sempre così tenace e sana; e la nonna non rispondeva, ma la guardava e le palpava la mano per convincersi ch'era proprio lì la sua grande Caterina, la sua Caterina così grande che con la sua figura riempiva tutto il mondo.

- Sei venuta! - disse finalmente, sottovoce. - Che viaggio, eh? Freddo?

E la sua mano palpava adesso il cappotto rosso di Caterina; ne rivoltò un poco la falda orlata di pelo di volpe, vide ch'era foderato di lana e parve contenta. Poi i suoi occhi risalirono al collo nudo di Caterina, il collo bianco fermo come una colonna di marmo, ai capelli folti sulle orecchie nascoste, al berretto di velluto ornato d'una rosellina di cuoio giallo, e sospirò di sollievo: era lì, dunque, Caterina, grande e viva, e riempiva il vuoto spaventoso fra la vita e la morte.

- Sognavo proprio ch'eri arrivata, Nina; ma c'erano dei mascheroni, giù, che ti portavano al ballo. Dunque, adesso possiamo andare: è che volevo consegnarti una cosa...

- Il tesoro, nonna? Il testamento?

Ma la vecchietta s'era fatta triste; le riprese la mano e se la portò al seno; e su quel piccolo petto incavato si sentiva infatti qualche cosa di duro, una busta con dentro delle carte.

- Levati il cappello, Nina, e mettiti a sedere: devo dirti una cosa...

- Lasciatemi così, nonna, si sta bene così. Dite... dite...

Si tolse il berretto e abbassò ancor più la testa; e sul guanciale i suoi capelli neri si confusero con quelli grigi della nonna, come intorno a loro, nella bassa camera silenziosa, nella casa ove parevano tornate padrone loro due sole, si confondevano le ombre e le luci del crepuscolo, il dolore del passato e la speranza dell'avvenire.

- Sì, - diceva sottovoce la nonna, - ci sono anche i denari della casa: ti basteranno, perché tu sei brava: ho pagato tutto, Nina; ma adesso devo dirti un'altra cosa. Certe cose le sai e le ricordi, certe altre no: Nina, tu non ricordi che avevi due anni quando morì tuo padre; e tua madre aveva la tua età di adesso: sì, diciannove anni compiuti. Tuo padre non era cattivo; solo, gridava, quando aveva bevuto, e la povera Maria Marta si spaventava, perché era piccola e debole. E quando lui se ne andò, ci sembrò di essere più piccole e deboli; come due rondini sperdute. Aveva fatto molti debiti, tuo padre, e si dovette pagarli. Così, veniva su a farci visita Battista Oppos, che era stato suo amico, e ci faceva un po' di compagnia. Allora era povero, Battista Oppos, il suo negozio era piccolo; poi il suo negozio si ingrandì ed egli cominciò ad arricchire... perché era un uomo di coraggio, Battista Oppos, e tutti dicono che è anche un uomo di coscienza, e tutti gli facevano credito: ma quando cominciò ad arricchirsi non venne più da noi; sposò quella che ha, ricca pure lei... Tua madre invece era povera, Nina mia, e anche debole di salute, eppoi c'eri tu; non fa piacere a un negoziante che deve ingrandire i suoi affari sposare una vedova con famiglia. Pazienza se è ricca; ma tua madre era povera. Così egli ne sposò un'altra e tua madre si ammalò dal dolore: ma non si lamentava, lei; era abituata a soffrire fin dai tempi di suo marito, di tuo padre... Tuo padre era ubbriacone, è vero, ma anche onesto; quello che faceva faceva e quando gridava apriva la porta e la finestra perché tutti lo sentissero. Battista Oppos è altra cosa; è uomo che vuole la sua fama; per questo quando tua madre si ammalò molto, egli venne su ancora a farci visita, di notte però, perché sua moglie era gelosa. E si metteva davanti al letto della povera Maria Marta e le prendeva la mano. Una notte che venni su in camera per metterti a letto, lo sentii che sospirava e diceva a tua madre: «Il mondo va così, non possiamo mai fare quello che vogliamo». Poi stette zitto, poi sospirò di nuovo e riprese: «Bisognerebbe che tu, Marta, mi restituissi quelle lettere che ti scrivevo un tempo. Cosa vuoi farne adesso? Quello che è stato è stato».

- Capisci, Nina - continuò la nonna dopo un momento di silenzio mentre la fanciulla, col viso sul guanciale pareva si fosse addormentata. - Egli veniva perché voleva le lettere che le aveva scritto un tempo. Le lettere le avevo io: Marta me le aveva consegnate perché le restituissi a lui quando lei fosse morta. E così gli disse: «Le lettere le ha mia madre; bisogna chiederle a lei». E mi chiamò e anche lei ripeté: «Dategli le sue lettere; quello che è stato è stato». Capisci, Nina: a lei bastava che egli venisse, qualche volta, e le stringesse la mano. Ma a me non bastava, Nina; non bastava, Nina mia; e così lo accompagnai giù e gli dissi: «Io non le ho lette, perché non so leggere, ma finché lei è viva, non te le restituisco, ed io sono donna da tenere la parola». Lo fissavo, così dicendo, ma egli non è uomo da arrossire. Sulle prime mi prendeva con le buone. «Datemi le lettere - diceva a bassa voce - quello che è stato è stato: provvederò alla malattia di Marta, pagherò i vostri debiti, farò studiare da maestra la bambina». Le sue promesse, Nina, mi facevano male; mi sembravano i canti degli ubbriachi nella strada; ma sopportavo tutto purché egli venisse qualche volta a stringere la mano alla povera Maria Marta. Visto che non otteneva le lettere, egli non tornò più: tua madre morì chiamandolo, ma lui quel giorno era a tenere a battesimo il figlio del Sindaco, intendi, del Sindaco, con sua moglie vestita di seta, e buttava i denari ai poveri e ai ragazzi, nella strada, come si usa, e tutti gli baciavano la mano e sua moglie piangeva per la gioia di avere un marito così generoso e così amato dalla popolazione. Così almeno mi hanno raccontato. Tornò, poi, Nina. S'intende che tornò per domandarmi ancora le lettere: «Ecco una cambiale - mi disse; - potrete pagare i vostri debiti e il medico, e mandare Caterina a studiare: quello che è stato è stato, datemi le lettere secondo la vostra promessa». Io lo guardavo e tacevo; eravamo giù nell'atrio. Egli era serio, perché è un uomo serio e non grida mai. Chiuse la porta e mi disse sospirando: «Può darsi che io abbia fatto male: avevo molti torti verso la povera Marta, ma non sempre l'uomo può fare quello che vuole; datemi le lettere». Allora parlai chiaro: «Tu puoi uccidermi, Battista Oppos, come hai ucciso la povera Marta, ma le lettere non le avrai; serviranno a mostrare ai tuoi figli, ai tuoi amici, ai tuoi compari, che uomo onesto eri tu». Allora egli mi prese per la gola, mi buttò per terra; ma in quel momento si sentì la tua voce dietro la porta dell'orto ed egli scappò. Dopo ho procurato sempre di non star mai sola: avevo paura, e anche la scorsa estate, prima che tu venissi per le vacanze, qualcuno tentò di buttare la porta, una notte: era certamente lui o qualcuno mandato da lui. Per questo ho venduto la casa, per non star sola: per questo, poco fa mi sono spaventata nel sentire i tuoi passi forti... Ma eri tu, Nina: ecco le lettere; prendile.

Caterina sollevò il viso un po' rosso e intontito; le pareva di aver dormito molto tempo, ancora in viaggio, sognando brutte cose. Prese la busta calda, che aveva odore di carne, di malattia, diventata carne stessa, male stesso della vecchia nonna, e la mise nella tasca del suo cappotto; poi si alzò e accese il lume. La nonna era tranquilla, e dalla profondità del suo letto la guardava coi suoi occhi di rondine tutti aperti e neri; pareva si fosse liberata di un peso e stesse lì, nel suo vecchio nido, aspettando l'alba per emigrare...

Più tardi Caterina stava accanto al camino acceso, nella cucina solitaria. I parenti, un cugino grasso e una cugina grassa, anziani e celibi tutti e due, tutti e due religiosi e scrupolosi, erano rientrati dalla predica dell'ultimo giorno di carnevale, preceduti di qualche minuto dalla serva allegra e idiota, - ma non tanto, - che profittando della loro assenza era invece andata a ballare in una casa vicina.

- Ho veduto passare una cosa lunga vestita di rosso; mi sembrava una maschera - aveva detto la serva a Caterina, baciandola forte. - Tu non dirai ai padroni che non c'ero; e poi stanotte mi darai questo cappotto rosso per andare al ballo.

Caterina era generosa: non disse nulla ai parenti, ma il suo cappotto rosso non lo aveva dato, no, alla serva: lo indossava ancora, a quell'ora tarda di notte, seduta accanto al fuoco. Ogni tanto si chinava a guardare sull'anta del camino una scala di linee, e dei numeri, delle date, dei graffiti, già disegnati da lei. Sullo scorcio della sua guancia di quindici anni una data era più profondamente incisa delle altre. Che era accaduto in quel giorno? Ella non lo ricorda; non vuole ricordarlo neppure; anzi non vuole neppure più chinarsi per guardare quelle sciocchezze infantili; tutto il passato nostro non è che infanzia, davanti al presente; ella non vuole più chinarsi, per non tornare bambina, e si solleva dunque, dritta sulla schiena, appoggiata forte al seggiolino ch'è stato della nonna: e pensa che bisogna anche concludere la faccenda delle lettere. Non vuole certo tenersele in tasca tutta la vita, lei, come la nonna: le pesano già tanto, la tirano a destra, come un peso grande, la tirano a sinistra, a misura che le cambia da una saccoccia all'altra.

Del resto, neppure per un attimo aveva esitato nella decisione di restituirle a Battista Oppos: la madre aveva promesso di restituirle, e la nonna non contava nulla in tutta quella storia; la nonna non poteva capire che un uomo non ha più nessun obbligo verso la donna ch'egli non ama più: la donna può anche morirne, che importa? Anzi è bello che essa muoia d'amore; non c'è destino più bello per una donna.

Però... giusto perché tutto nella vita ha un valore relativo, ella pensa che può anche leggere le lettere, prima di restituirle; e poi tutto serve di studio, di nutrimento alla nostra esperienza e alla nostra forza. D'altronde bisognava anche cambiare la busta: quella era un po' marcia, imbevuta del sudore e delle lagrime della nonna, e se la sentiva appicciolare alle dita, dentro la saccoccia, come la pelle morta d'un corpo bruciacchiato. Trasse dunque il pacchetto e strappò la busta, piano piano, a brandelli, come la pelle morta di un corpo bruciacchiato: e le lettere ne vennero fuori, e parvero davvero scorticate, sanguinanti, scritte com'erano con inchiostro rosso su carta azzurrognola. Non erano molte: sette di cui una sola lunga; le altre sempre più brevi.

Caterina cominciò dall'ultima; poi lesse la prima: il segreto era il solito segreto d'amore, eterno, monotono. Vi si parlava però di un grande ostacolo: Caterina sollevò il viso, si morsicò il labbro inferiore e parve ascoltare un rumore lontano; poi scosse i fogli come per farne cadere qualche cosa nascosta, e cercò le date. Ne trovò una sola, in fondo alla lettera più lunga: ed era di venti anni prima.

Allora rimise le lettere nella saccoccia sinistra, poi le cambiò in quella destra; e vi tenne dentro la mano che tremava.

Così stette un bel poco, dritta con la schiena sul seggiolino ch'era stato della nonna. Il sangue le batteva dentro, nel corpo vigoroso, come ribollisse al calore del fuoco, poi a poco a poco il sangue riprese il suo corso tranquillo; al collo che s'era fatto gonfio e rosso ritornò il candore e la fermezza del marmo; la mano entro la saccoccia cessò di tremare, riafferrò i fogli, li strinse forte, infine li trasse e li buttò sul fuoco.

LA POTENZA MALEFICA

Quando ero ragazzina io, ricordo, a me ed a tutti i bambini "signori" del vicinato ci ricuciva e risolava le scarpette - primitive scarpette a lacci, con doppio arco di bullette lucenti come stelle - un vecchio ciabattino misterioso che abitava una stamberga poco distante da casa mia. Donde fosse venuto, di che paese era, il misterioso "maestro di scarpe" io non l'ho mai saputo. So che mi dava soggezione. Altissimo, curvo senza essere storto, a volte si drizzava e pareva allungarsi per volontà propria.

Sempre vestito, d'inverno e d'estate, d'un abito grigio verdastro non suo, abbottonato sul petto nudo, senza il grembiule di cuoio che indossava solo nelle ore di lavoro, aveva un'aria quasi distinta di signore decaduto.

Sotto il cappelluccio molle, il lungo viso, nero fra due bande di capelli bianchi, immobile e ieratico, ricordava quello di certi santi di legno delle chiesette dei villaggi sardi; ma la bocca si torceva spesso con disgusto, e gli occhi grandi a mandorla brillavano ancora giovanili e tristi, spesso anche minacciosi.

Veniva a riportare le scarpette accomodate un paio in una mano un paio nell'altra; pareva ch'esse, pure così piccole e lievi, tenessero in equilibrio come i pesi di una bilancia quel lungo corpo oscillante. Veniva e discuteva a bassa voce il prezzo con la serva anziana: non si accordavano mai, ed egli sedeva nel cortile aspettando oltre la mercede un bicchiere o magari due di vino. Preferiva l'acquavite, e vuotava il calice senza vederlo, con avidità tremula; poi subito si inteneriva, ubbriacato dal liquore, e non riusciva più ad alzarsi per andarsene.

Con le grandi mani sulle ginocchia, la testa sempre china, cominciava a raccontare cose strane alle donne raccolte a lavorare nel cortile.

A volte sollevava d'un tratto il viso, guardava intorno un po' furtivo per assicurarsi che c'era gente abbastanza per ascoltarlo, e parlava d'una cosa straordinaria che formava la sua specialità. La prima ad accorrere per sentire le cose terribili che diceva, ero io: anche le donne s'avvicinavano, con l'ago o la scopa in mano, e ridevano ma con un'ombra di paura superstiziosa negli occhi. Perché il vecchio "maestro di scarpe" si vantava di avere la potenza di fare del male a chiunque volesse, col solo fortemente desiderarglielo.

- Bisogna però che mi abbia fatto o minacciato del male, intendete bene, tarantole, voi che vorreste fare e se potete fate del male solo per il gusto di farlo. No, per me è come una corda tesa fra me e il mio nemico; lui vuole soffocare me, io soffoco lui. Tira tira vinco sempre io. Così, crepa, Lucifero.

E sollevava le mani e stringeva con forza i pugni, come tirando davvero la corda che soffocava il nemico vinto ai suoi piedi.

- Adesso vi conterò...

Erano storie e storie, una più impressionante dell'altra. Non sempre, anzi quasi mai, egli voleva la morte del suo nemico: no, uccidere tocca solo a Dio; ma le disgrazie più gravi colpivano le malaugurate persone che avevano la sventura di offenderlo o causargli del male.

E d'improvviso tornava a sollevare il viso scuro di Santo vendicatore guardando in giro gli astanti con occhi minacciosi, per accertarsi che nessuno gli augurava del male, nessuno si burlava di lui o metteva in dubbio la sua infernale potenza: e stringeva ancora i pugni, pronto a gettare il laccio maledetto.

Le donne davano un passo indietro; e qualcuna tornava a spazzare, qualche altra a battere la lana, ma il loro allontanarsi aveva tutta l'aria d'una prudente ritirata. Solo la serva anziana teneva fronte al vecchio fanfarone.

- Vuol dire che siete stato sempre un uomo potente. Si vede dalla carriera che avete fatto!

- La mia carriera è libera - egli rispondeva con disprezzo. - Non sono servo, io, e lavoro perché ne ho voglia, ma alla notte sono come un signore e se voglio dormire dormo; se no me ne vado in giro, mi diverto; se voglio vado a ballare, se voglio vado a cantare, se voglio vado dalle donne, se voglio monto a cavallo e vado in un ovile e dico ai pastori: ohé, baracchiamo! E loro ammazzano il più bell'agnello e lo fanno arrostire, e si mangia, si beve, si ride fino all'alba.

Parlava sul serio; s'inteneriva di nuovo, chiuso nella sua illusione di felicità; ma la donna lo richiamava alla realtà con le sue parole pungenti.

- Questo vi accadrà quando vi ubbriacate: allora tutto è facile, e anche i mendicanti hanno cavalli e ovili...

Una volta egli si alzò, minaccioso, appoggiando le mani indietro al muro.

Gli occhi gli brillarono d'ira. Io ebbi paura; paura che egli desiderasse male alla serva, alla quale volevo molto bene: era in casa nostra da venti anni, e piangeva e ci nascondeva sul suo fianco avvolte nella sua gonna se il castigo materno ci minacciava.

Ed ecco che quell'anno, al principio dell'inverno, lei si ammalò. Era una semplice bronchite; ma io pensavo al terribile "maestro di scarpe" chiuso nella sua stamberga come un mago nella grotta, intento alle sue opere malefiche. Era lui, per la mia fantasia, a far morire la donna. Ultimamente aveva picchiato alla nostra porta, una notte, quando tutti si era già a letto, per domandare del fuoco; e lei dalla finestra lo aveva irriso, domandandogli se era a cavallo, se andava a far ribotta coi suoi amici signori. Immediatamente s'era sentita male; forse aveva preso freddo alla finestra. Era un inverno rigidissimo; da quattordici giorni nevicava, e se qualche notte smetteva, il gelo era tale che l'indomani gli uomini andavano su e giù a cavallo per le strade per calpestare la neve e farla sciogliere. Nelle campagne il bestiame moriva per il freddo e la mancanza d'alimento; e la gente in paese era tutta malata. Questo non m'impediva di pensare ai malefizi del "maestro di scarpe". Anzi, a volte, in quei giorni freddi, bianchi, d'una melanconia continua, ferma, infinita, col viso sui vetri che l'alito appannava dando alla visione esterna del paesaggio un'apparenza ancora più fantastica, avevo l'impressione che ogni cosa fosse "incantata" d'un malefico incanto, e che lui non fosse estraneo all'opera triste.

Una sera un prete venne a confessare la malata. Dopo, sedette con noi intorno al fuoco. Tutti erano tristi: la sua figura nera rappresentava la morte venuta a sedersi al nostro focolare. Io non mi addormentai presto, quella sera: ricordo, era il diciassette gennaio, la notte di Sant'Antonio. In fondo alla strada, sebbene al solito la notte fosse glaciale, agitata dal vento di tramontana, una famiglia di contadini aveva acceso un grande fuoco, per voto, in omaggio al Santo, alla cui intercessione si doveva se una bambina gravemente ustionata era guarita senza alcun danno. Altri fuochi accesi nelle strade del paese mandavano sopra le case bianche e nere un chiarore fosco che arrossava la neve; il fumo saliva fino a intrecciarsi con le nubi correnti; e pareva che il popolo tentasse un incendio per sciogliere il gelo e liberarsi finalmente dal crudele incantesimo dell'inverno. Ma il vento infuriava sempre più, portandosi via ogni cosa, nuvole, fumo, brandelli di fiamma, le grida dei bambini, le risate delle donne, il suono della fisarmonica, in una corsa fantastica.

E in casa mia c'era la morte. Io guardavo, a piedi scalzi, dalla finestra chiusa, invidiando i ragazzi che si divertivano e si scaldavano danzando col vento; e mentre mi pareva che loro si movessero in un giardino pieno di fiori rossi, di farfalle d'oro, io battevo i denti contro il vetro col desiderio di morderlo, pensando che se la serva fosse stata sana mi avrebbe portato giù di nascosto, avvolta nella sua gonna, protetta dal suo fianco, giù, a godere un poco della festa notturna.

La colpa era tutta del malvagio "maestro di scarpe". Lo rivedevo, con la bocca chiusa, la testa sul petto, i pugni stretti a tirare la corda del male. Sentivo di odiarlo, come si odia l'inverno, come si odia la morte. Ma possibile che non si potesse vincerlo? Se era così debole che gli pesava un paio di scarpette e lo ubbriacava una goccia di acquavite? D'un tratto gli desiderai la morte. Sì, che egli morisse, quella notte, e così la donna si salvasse. Fu come un'allucinazione. Mi pareva che egli avesse gettato il suo laccio malefico sulla nostra casa: l'avevo colto io, però, e tiravo, com'egli aveva detto di fare per vincere il nemico. Potenza contro potenza: finché l'altra serva, entrata nella camera, non chiuse gli scuri spingendomi per farmi tornare a letto. E subito, come dopo una grande fatica, mi addormentai.

La notte stessa la malata migliorò e il vecchio fu trovato morto nella sua stamberga. Non lo si vedeva da qualche giorno, e i giovani usciti per divertirsi intorno ai fuochi, com'egli non rispondeva alla loro chiamata, avevano buttato giù la sua porticina.

Io non mi spaventai molto: solo mi pareva d'essere andata troppo oltre. Ricordavo le parole di lui: «Uccidere tocca solo a Dio». Ma oramai la cosa era fatta; e mentre avevo paura della mia terribile responsabilità, in fondo, mi compiacevo a pensare che il laccio del vecchio era rimasto in mani mie. Potevo servirmene io, d'ora in avanti...

Ma verso sera il dottore venne a visitare la malata e disse che la morte del vecchio risaliva a tre giorni prima.

L'AUGURIO DEL MIETITORE

Due mietitori andavano in cerca di lavoro, nei salti di Posada. Ma la regione era anche quell'anno desolata da una grande siccità: i grani s'erano inariditi in germoglio, le aie, nelle radure, apparivano bianche e deserte come d'inverno. Mancava l'acqua stessa per bere.

I due mietitori camminavano da molto tempo, con le ghette d'orbace bianche di polvere: la falce, pendente sulla spalla, luccicava al sole implacabile. Tutto luccicava, al sole implacabile; il mare in lontananza, le macchie del litorale, le pietre sui monti: ma era un luccichio di lagrime. Quei due, insomma, non trovavano lavoro; e consumavano la loro piccola provvista di pane e di ricotta secca; e arrivò un giorno in cui ebbero anche sete.

Ed ecco un piccolo stazzo circondato da un'arida siepe di fichi d'India, sotto un rialzo nero pietroso senza un filo d'erba. Le capre pascolavano fra i cespugli, davanti allo stazzo: alcune s'erano arrampicate anche sui mandorli e i peschi rachitici, là dietro la siepe, e brucavano tutto avidamente.

- Non c'è né cane né pastore - disse il mietitore più anziano. - Tuttavia andiamo a vedere.

Andarono a vedere. All'ombra di un sambuco fiorito, accanto alla porta del piccolo casolare, videro sdraiata su una pelle di montone una bella ragazza bruna. Teneva le mani sotto la testa, fra le treccie nere disfatte, e guardava il cielo attraverso le fronde del sambuco, con aria beata. La viva luce azzurra del meriggio dava alla sua pelle bruna lo splendore del bronzo. Udendo i passi dei due uomini s'alzò a sedere e tentò di rimettere in ordine i bei capelli oleosi ondulati, guardando dritto negli occhi, coi suoi grandi occhi languidi, il mietitore anziano che s'era fermato davanti a lei e le diceva:

- Siamo in viaggio in cerca di lavoro: abbiamo sete. Ci dai da bere?

Ella si mise a ridere, mostrando fino in fondo alla bocca i denti forti e candidi: poi si alzò indolentemente, si scosse le vesti in disordine, si tirò su ficcandovi due dita la cintura che le scivolava dalla vita snella, infine andò a guardare sulla panca in fondo alla cucina, ove erano deposte le brocche per l'acqua. Le brocche erano vuote, asciutte. Allora si volse e rise ancora, del suo riso che aveva qualche cosa di animalesco eppure la rendeva bella più che non fosse.

I due uomini guardavano dalla porta: e vedendo la cucina che nonostante il suo disordine lasciava indovinare una certa agiatezza perché sul graticolato sopra il focolare stavano alcune forme di cacio affumicato e dalle pareti nere fuligginose pendevano, oltre le padelle di rame coperte di polvere e di ragnatele, grandi pezzi di lardo e di salsicce, e sopra il forno stava un piccolo orcio d'olio, il mietitore anziano torceva la bocca sdentata, con diffidenza e riprovazione. Un nugolo di mosche anneriva l'unico vetro della finestruola; tutto denotava indolenza in quella piccola casa di benestanti. La fanciulla rideva incosciente, scuotendo la brocca per significare ai due viandanti che acqua non ce n'era; e il mietitore giovane, rispondendo a uno sguardo del compagno, disse con voce dolce:

- Ma almeno nel pozzo ne avrai!

- E va a guardare, allora! - rispose la fanciulla.

Aveva una voce lievemente beffarda e pareva si divertisse a esasperare la sete di quei due: tuttavia attraversò rapida la cucina, coi passi lievi dei suoi piedi scalzi, e andò ad affacciarsi al pozzo come per assicurarsi che era veramente asciutto.

- Forse scavando un poco se ne potrebbe avere! - disse ridendo ancora; poi d'un tratto corse sotto la tettoia, si chinò, prese fra le due mani la ciotola dell'acqua per le galline e l'offrì a quei due.

L'anziano esitò a prendere la ciotola poiché sulla poca acqua galleggiavano anche delle piccole piume; ma il giovine vi soffiò sopra, mandò via le piume, bevette e sospirò soddisfatto.

- Buon marito - augurò alla fanciulla, guardandola coi suoi occhi azzurri di fanciullo.

Allora anche l'altro bevette. E nell'andarsene videro la fanciulla sdraiarsi di nuovo indolentemente sulla pelle di montone dopo aver cacciato il gatto che vi si era accovacciato non meno tranquillo di lei.

Camminarono fino al tramonto. Si erano internati nella regione montuosa, verso la valle di Siniscola. I monti erano coperti di un velo rosso; la siccità aveva talmente desolato i luoghi che si vedeva qualche quercia disseccatasi, con ancora tutte le sue foglie intatte, gialle, di lamina d'oro.

Ed ecco un paesetto nell'insenatura d'una valle, quieto al tramonto, coi tetti rossicci, gli orticelli intorno secchi, le strade aride, il letto del torrente bianco nudo impallidito dalla morte.

I due avevano di nuovo sete. Picchiarono alla prima casetta del paese, la sola che avesse intorno un po' di verde fresco e una pianta di garofani fioriti alla finestra.

Aprì la porta una ragazza alta e pallida, vestita come usano le paesane di buona famiglia, con un costume antico, senza fronzoli, i capelli accuratamente nascosti nella cuffietta della quale si vedevano i lembi sopra le orecchie, sotto il fazzoletto ch'ella, trovandosi in presenza di stranieri, si dava cura di legare sotto il mento bianco delicato.

Era infine così composta nella sua placida bellezza che il mietitore anziano stette a guardarla senza osare di chiederle subito da bere. Fu l'altro che disse:

- Donna, non potresti darci un bicchiere d'acqua?

Essa li invitò ad entrare. Si trovarono in una stanza d'ingresso, abbastanza vasta, con gli usci delle altre camere a destra e a sinistra e una porta in fondo dalla quale si vedeva il verde dell'orto: alcune sedie messe bene in fila accanto alle pareti ma che non le toccassero, e tutti gli oggetti in ordine e il fuso che la fanciulla aveva deposto per andare ad aprire, e le tre anfore d'acqua, una più piccola dell'altra, tutte e tre colme, rivelavano nella padrona della casa una donna saggia e previdente.

- Pare d'essere in un'oasi, dopo tanto deserto - disse il mietitore anziano chinandosi per prendere l'anfora più piccola.

Ma la fanciulla lo fermò per il braccio, e andò a prendere un bicchiere di cristallo che, sebbene nitidissimo, ella si affrettò a risciacquare prima di riempirlo d'acqua e porgerlo ai mietitori. L'anziano bevette e disse passandosi soddisfatto una mano sul petto:

- Sembra cidro, che tu sii benedetta.

Ella risciacquò di nuovo il bicchiere, avendo sempre cura di non sprecare l'acqua, versandola sulle piantine di basilico davanti alla porta, indi lo porse colmo al mietitore giovane. Ed egli bevette; e mentre beveva fissava i begli occhi azzurri di fanciullo sul volto serio della donna: in ultimo le restituì il bicchiere augurandole:

- Cattivo marito.

Il compagno anziano arrossì per il dispetto, ma non disse nulla.

Solo quando furono di nuovo per strada e il dispetto gli fu passato domandò pensieroso:

- Maestro, tu dici di non far mai delle cose storte: perché dunque hai destinato un buon marito alla donna indolente e sciatta e un cattivo marito alla donna saggia e cortese?

E il mietitore giovane, che era Cristo e vagava sulla terra per provare gli uomini, rispose:

- Pietro, non darti pensiero: alla prima ragazza ho destinato un buon marito perché possa indirizzarla sulla buona via, e alla seconda, appunto perché saggia cortese, un marito cattivo che lei potrà far emendare.

LA CASA MALEDETTA

L'America, bisogna riconoscerlo, ha reso molti vantaggi alla gente povera; a quelli che, andandovi, non sono diventati ricchi non toglie la speranza che lo diventino; a quelli rimasti in paese ha cresciuto importanza e valore. Maestro Antoni Bicchiri, per esempio, l'unico muratore rimasto nella fabbrica della casa del possidente Bonario Salis, senza neppure un manovale, era d'un tratto cresciuto di tanta altezza quanto quella dei muri che mandava su. Lo stesso padrone, Bonario Salis, era costretto a portargli le pietre e la calce; ma Bonario com'era di nome e di fatto, aveva finito nel prender gusto alla faccenda; andava su e giù ridendo fra sé e apprendendo poco per volta la fiacca del vero manovale. Inoltre si divertiva a portare con esagerata gravità, a Maestro Antoni, le ambasciate della gente che desiderava qualche giornata di lavoro del muratore. Tutti volevano e sospiravano questa preziosa giornata, chi perché doveva sposarsi e voleva imbiancare la casa, chi perché aveva dei buchi nel tetto o un muro che minacciava rovina; ma Bonario si rideva di tutti. Carta canta, diceva; ed egli aveva la carta sottoscritta da Maestro Antoni, il quale si obbligava a non abbandonare la fabbrica finché non fosse finita. E nessuno mai aveva sentito dire che Maestro Antoni avesse mancato alla sua parola: era l'uomo più di coscienza del paese. Un giorno dunque egli credette che Bonario al solito scherzasse quando dopo aver scaricato una grossa pietra di granito sul ponte, disse ammiccando:

- Questa volta bisogna però che andiate, mastru Antoni. Si tratta di una mezza giornata, forse meno, per accomodare alcuni scalini della casa di mia nipote Anna, che vuole rivendere la casa...

- La casa vuol rivendere? - disse il muratore, curioso suo malgrado. - Se è appena da tre mesi che l'ha comprata?

- È appena da tre mesi che l'ha comprata, - ammise Bonario, serio, - ma la vuol rivendere perché ci sono gli spiriti.

E si mise a ridere accorgendosi che Mastro Antoni, a sua volta diventava serio e grave. Ma il muratore non amava scherzare, neppure col padrone della fabbrica: guardava lontano, verso la casetta di Anna Salis, isolata in fondo al paese, e ricordava d'averla periziata lui stesso, prima che venisse messa all'asta dai creditori degli antichi proprietari emigrati poi tutti in America, uomini e donne. I Salis, appena sposi, avevano acquistato per niente la casa piccola ma ariosa e piena di comodità; e adesso la volevano rivendere perché c'erano gli spiriti...

- Mastru Antoni, - disse Bonario, di nuovo serio, - datemi la risposta: non si tratta di scherzare. Vi do io la libertà per mezza giornata e basta. Mia nipote Anna sembra davvero stregata, tanto è il dispiacere che prova: andate ad accomodarle questa scala, poiché domani deve far vedere la casa a un compratore. Farete un'opera buona.

E trattandosi di un'opera buona, ma anche un po' per curiosità, maestro Antoni disse di sì.

Andò il giorno stesso, nelle ore di riposo fra mezzogiorno e le due, per vedere che lavoro c'era da fare. A quell'ora, sotto il sole abbagliante di giugno, la pace intorno alla casetta era ancora più intensa: l'orto solitario della chiesa, invaso di grandi cespugli di ruta e di genziana, odorava come un angolo di brughiera, attraversato dall'ombra del campanile: intorno non si vedeva anima viva.

Mastru Antoni ricordava quando era andato a periziare la casa: anche allora aveva spinto il portoncino e attraversato il cortile senza incontrare nessuno: e aveva pensato alle voci maligne che correvano sul conto della proprietaria, Mimia Piras, nota per la sua bellezza, per i suoi debiti e per altre cose. Certo, il luogo era molto solitario, molto comodo per una donna che avesse voluto delle avventure.

Maestro Antoni però si morsicò la lingua come faceva ogni volta che si sorprendeva a giudicare temerariamente il prossimo: dopo tutto Mimia Piras aveva lasciato mettere la casa all'asta per i debiti e se n'era andata coi fratelli in America a lavorare: era come morta e i morti tocca a Dio giudicarli.

Del resto, anche adesso che la casa apparteneva ad Annedda Salis, la donna più devota e scrupolosa del paese, la porta era aperta, il luogo deserto: tanto che egli poté attraversare indisturbato il cortile, la cucina, il corridoio, salire la scala, arrivare fino alla camera da letto degli sposi.

La donna stava seduta per terra, accanto all'uscio, col cestino del lavoro a fianco; ma non cuciva; con le mani abbandonate fino a terra, bianca in viso, la testa appoggiata al muro, pareva malata. Non si scosse vedendo il rozzo e grave muratore: solo i grandi occhi neri le brillarono un po' tristi. Lo aspettava.

- Vi aspettavo - disse con voce languida. - Mio zio vi avrà detto che voglio rivendere la casa: sì, la rivendo allo stesso prezzo che l'ho avuta io; Dio mi guardi dal prendere un centesimo di più. C'è il compratore che domani verrà a vederla, ma prima io voglio assicurarmi di una cosa: voglio levare e rimettere i primi gradini della scala perché là sotto ci dev'essere una malìa e bisogna toglierla, altrimenti siamo tutti perduti. Sono qui sopra da due giorni, maestro Antonio mio, e non scenderò più giù se voi non mi promettete di aiutarmi a togliere la maledizione di casa mia.

L'uomo la guardava dall'alto, un po' stupito un po' turbato: in fatto di malìe non c'è da scherzare, specialmente se sono fatte bene, con l'intervento del prete, per esempio.

- Ebbene, alzati: non hai fatto un cattivo sogno, per caso?

- Sogno fosse! - esclamò la donna alzandosi già un po' confortata. - L'affare è che da quando abbiamo messo piedi in questa casa, io e Paolo mio, siamo perseguitati dalla scomunica. Non stavamo bene, prima? Ci amavamo come colombi io e Paolo mio. Ebbene, entrati qui entrati nell'inferno. Subito ci siamo ammalati, prima lui a un orecchio poi io ad un piede e ancora l'ho gonfio. Poi ci è morto il cavallo, ci hanno ammazzato il cane, persino le galline muoiono come avvelenate: poi è venuta una vipera fino al focolare; ma questo è niente; il peggio è che litighiamo giorno e notte, io e Paolo mio, e lui va fuori e si ubbriaca ed io piango e piango. Lui dice che sono io a tormentarlo, invece è lui che mi tormenta. Vi giuro, maestro Antonio mio, che da quando siamo qui non abbiamo avuto un giorno di pace: anche stamattina abbiamo litigato ed egli è andato via dicendo che non tornerà più. Ma egli tornerà se noi leveremo la malìa.

- Chi può aver fatto questa malìa? - domandò l'uomo, sempre più grave.

- Chi? Domandate chi? Ma tutti lo sanno: tutti sanno che i Piras, i vecchi padroni, imprecavano contro chi avrebbe acquistato la casa all'asta. E Mimia sparse il sale intorno: perciò anche l'acqua è mancata dal pozzo e tutto nell'orto si disecca. E prima di andarsene fu veduta con le braccia in croce a maledire la casa. Io non credevo a queste cose; ma adesso pur troppo ne sono convinta. E non basta. Ho sognato che c'è anche la malìa. Ho scavato sotto le porte, ma inutilmente. Adesso bisogna guardare sotto la scala perché voi sapete che la malìa opera meglio dove più forte si posa il piede. Ma da sola non posso levare gli scalini; allora ho pensato a voi che siete uomo di coscienza e buon cristiano: e voi mi aiuterete. Mastro Antonio, andiamo!

Andarono. Ella zoppicava, anzi pareva camminasse solo con una metà della persona. Scendendo gli ultimi scalini si fece il segno della croce, poi si volse spaurita ad attendere l'uomo che a sua volta scendeva grave, cauto, pauroso di cadere eppure attento, con l'occhio del suo mestiere, alle screpolature della vôlta, alla solidità dei muri e dei gradini. A dire il vero la scaletta di pietra, stretta fra due alte pareti bianche, con la luce spiovente dall'alto di un abbaino, aveva un aspetto misterioso: pareva conducesse a un sotterraneo.

Arrivato anche lui in fondo, Mastro Antoni tastò i muri, da una parte e dall'altra, allargando le braccia; infine disse:

- Tu hai un piccolo palo?

Annedda aveva il piccolo palo, il badile, e tanti altri arnesi di ferro e di legno ammucchiati nel sottoscala.

- Ci deve essere anche una leva di ferro - disse andando a cercare: ma com'ella stentava a trovare la piccola leva, maestro Antonio accese un fiammifero curvandosi anche lui a cercare nel sottoscala: alla breve luce apparvero gli arnesi arrugginiti, le ragnatele, stracci e sacchi e un pezzo di pavimento di fango battuto solcato da larghe fenditure. E il viso rude di mastro Antonio parve d'un tratto ardere, d'un rossore arancione, mentre i suoi tondi occhi azzurri fissavano spalancati le screpolature del pavimento, quasi vi decifrassero un geroglifico; infine lasciò cadere il fiammifero che non si spense.

- Lascia, - disse alla donna, che guardava anche lei, - se dai retta a me cerchiamo qui.

Ella volse il viso, pallidissima, e rabbrividì. A stento si sollevò, poiché le ginocchia le tremavano: andò a prendere il lume di cucina, e intanto che lei faceva luce, l'uomo piegato dentro il sottoscala pestava il pavimento con un grosso martello. Quando lo ebbe pestato bene prese il badile e scavò. La donna tremava tutta, con una mano protendendo il lume, con l'altra appoggiandosi al muro: anche il gattino, di cui il sottoscala era il regno, venne a guardare curioso e cauto, inarcato sulla parete con la coda dritta; pareva sapesse qualche cosa e seguiva coi grandi occhi verdi l'ombra del badile: d'improvviso miagolò, balzò, addentò un ossicino bianco ch'era venuto fuori con la terra smossa e scappò via.

Annedda diede un grido.

Altri ossicini venivano fuori. Ella depose il lume per terra, s'inginocchiò e cominciò a raccogliere gli ossicini riponendoli mano mano nel grembiale di cui aveva cacciato le cocche nella cintura.

Mastro Antonio sudava quasi scavasse un pozzo. Sì, sudava tanto che dovette passarsi il dorso della mano sulla fronte umida lucida e poi asciugarselo sotto l'ascella: eppure provava tanta soddisfazione che, forse per la prima volta in vita sua, scherzò:

- Che belle noci e mandorle raccogli, Anné!

E quando tutto fu finito rimise la terra nel buco e vi calcò il piede. Ma quando tornarono fuori, alla luce del giorno, Anneda con le ossa nel grembiale, egli sbattendosi le mani, ebbero quasi terrore a guardarsi e a dire quello che pensavano.

Ella si lasciò cader seduta sugli scalini dei quali non aveva più paura, e cominciò a piangere, passando la mano sul suo grembiale come ad accarezzare un bambino.

- Vedi, - singhiozzava, - ti hanno ucciso e sepolto, povera creatura figlia del peccato. Eri tu che dal limbo ci tormentavi. Ecco perché nell'andarsene la mala madre sparse il sale...

Anche mastro Antonio non dubitava che quelli fossero gli avanzi di un neonato ucciso; ma la coscienza gli consigliava di stare, per il momento, zitto. Zitto e perplesso.

Il ritorno improvviso del marito sciolse la situazione. Era accigliato, il marito, pronto a riprendere a litigare con quel tormento di donna che era sua moglie: ma quando la vide piangere, davanti al muratore pensieroso, si mise a ridere.

- Ebbene, l'avete trovata questa malìa? Mostratemela!

La moglie aprì il grembiale, ed egli vide le ossicina e si rifece serio.

- Ebbene, che è?

- Che è, Paolo mio? Il peccato mortale, è! Non vedi? Sono le ossa d'un neonato ucciso, sepolto nel nostro sottoscala. È lui che ci tormentava dal limbo. Ma adesso subito io porterò le ossa sue in terra sacra, le seppellirò e il Signore ci ridonerà la pace. E così sia - disse alzandosi e legandosi i lembi del fazzoletto sotto il mento, pronta ad uscire.

Maestro Antonio la fermò per il braccio.

- Ferma, donna! Bisogna fare il proprio dovere. Bisogna portare le ossa dal pretore!

Ella guardò il marito. Il marito avrebbe preferito non aver seccature, ma non voleva certo parere uomo meno coscienzioso di mastro Antonio.

- Dammi quella cosa - disse stendendo sullo scalino il suo fazzoletto rosso da naso: e la donna, con obbedienza miracolosa, versò piano piano le ossicina, ridendo d'un tratto come una bambina al ricordo delle parole di mastro Antonio:

- Che belle noci e mandorle!

Il marito guardò attentamente le ossicina; poi raccolse entro il pugno le cocche del fazzoletto, e rivoltandolo, così pieno, e palpandolo, disse:

- Mastro Antonio, in vostra coscienza, avete scavato bene? Mancano le ossa della testa.

- In mia coscienza, non ce n'erano altre. E adesso andiamo dalla Giustizia: e voi state in pace.

Quando tornò a casa, dopo aver consegnato le ossa alla Giustizia, il marito trovò Annedda quieta a lavare il suo grembiale. Il fuoco era acceso; finalmente la pace era ritornata nella loro casa. Solo, alla notte, ella si svegliò e si mise a piangere ricordando che il gattino aveva portato via un ossicino. Il marito si alzò paziente e andò a cercare in ogni angolo.

- Non si trova - disse gravemente, ritornando a letto. - Ma fatti coraggio, Anna! Abbiamo fatto il nostro dovere e la coscienza è tranquilla.

- La coscienza è tranquilla - ella ripeté per fargli piacere, e si riaddormentarono quieti.

Così la pace tornò in casa loro: e anche l'ultimo scrupolo di lei cessò quando la perizia scientifica, qualche tempo dopo, accertò che le ossicina erano quelle di un porchetto.

IL CUSCINO RICAMATO

La vecchia guardiana della vecchia villa era stata tutto il giorno inquieta per il ritorno del padrone: ritorno insolito, così alla metà di autunno, dopo una lettera di lui che annunziava la sua intenzione di passare l'inverno in campagna.

«E non chiamare e non avvertire nessuno perché non voglio seccature».

Questo si sapeva: seccature egli non ne aveva voluto mai, neppure da giovane quando le seccature è facile sopportarle. Per questo era stato un uomo fortunato; tutto aveva avuto, onori, alte cariche, denari. E adesso doveva anche sposarsi, con una donna ricca, d'età proporzionata alla sua, tale anche da non aver neppure la seccatura di molti figli. Ed ecco che d'improvviso egli andava a rintanarsi laggiù, per tutto l'inverno: lasciava la sua alta carica, la sua bella casa di città, la fidanzata ricca e paziente: perché?

- Perché? - si domandava la vecchia guardiana, sbattendo i tappeti tarlati, su nella loggia verdastra d'umido: e guardando i boschi gialli e giù verso il fiume la casa rossa in mezzo ai pioppi d'argento le veniva un'idea: giù nella casa rossa abitava una donna, una signorina che il padrone qualche tempo prima doveva sposare ma che poi aveva piantato perché non abbastanza ricca e con tanti parenti poveri che potevano dargli molte seccature.

La signorina, però, diceva qualcuno, l'aspettava sempre, e i parenti, se egli tentava di sposare un'altra donna, volevano dargli egualmente qualche seccatura mettendo impedimenti al suo matrimonio.

Ecco perché tornava! Per questo; per appianare le cose. Non occorreva però tutto l'inverno, per questo, tanto più che la signorina della casa rossa era sempre malaticcia, i parenti bisognosi, e forse bastava poco per acquetare tutti.

Ma guarda, guarda! Proprio uno di questi parenti, nero rapido su una bicicletta come un grande uccello di malaugurio viene a sbattersi contro il cancello. La vecchia sussultò, quasi di piacere. Fa sempre piacere, lusinga il nostro amor proprio, l'aver indovinato una cosa, sia pure poco allegra.

La vecchia guardiana dunque scese, con le chiavi in mano e in bocca le parole «badate che non vuol seccature», ma non adoperò né le une né le altre perché l'uomo domandava solo, un po' ansante, se c'era lì il Dottore.

- Il Dottore? A far che?

- Lui non è arrivato?

La vecchia guardiana non si credette in obbligo di rispondere; e l'uomo, capito che non c'era né il padrone né il Dottore, andò via rapido nero com'era venuto. La vecchia tornò su, ma era inquieta e non sapeva se raccontare o no l'incidente al padrone. Più tardi però arrivò il vignaiuolo e le diede la spiegazione del mistero.

- La signorina giù è morta - disse con voce tranquilla, poiché dopo tutto a lui non importava niente del fatto. - Pare che avesse un tumore nel cuore e oggi s'è crepato.

Cercavano il Dottore qui perché pare che anche il padrone sia malato, d'un brutto male di cui non si guarisce.

- E arriva proprio oggi! E quella va a morire proprio oggi! Ma perché? Proprio oggi; perché? - domandava la vecchia guardiana.

E il vignaiuolo rispondeva tranquillo:

- Perdio! Perché il Signore fa quello che gli pare e piace!

Il padrone non parve impressionarsi molto per la notizia; gliel'avevano già data per strada.

- Cos'aveva? - domandò solamente, e senz'ascoltare bene la risposta se ne andò in giardino a guardare i limoni piantati ultimamente dal vignaiuolo. Le pianticelle tremavano lucide al vento del tramonto: egli le osservava, si curvava a toccarne il fusto e non sembrava preoccupato d'altro. Sollevandosi, però, vide la vecchia affacciarsi alla loggia e guardarlo come lo guardava la sua governante laggiù in città, con occhi pieni di curiosità e di compassione: ed ecco neppure i limoni lo interessarono più: ed ecco ebbe voglia di andare lontano. Andare, andare... Fuggire la gente che lo conosceva, nascondersi come le bestie malate o ferite; non aveva altra smania, da qualche tempo in qua, e camminando pei viali umidi del suo giardino deserto, con tutti quei muri coperti d'edera intorno, senza nessuno che gli desse più seccature, lontano dagli amici, dalla fidanzata, dai futuri parenti, dalle spaventose sale d'aspetto degli specialisti celebri, s'era sentito quasi tranquillo. Lo sguardo della vecchia aveva guastato questa tranquillità.

Eccola affacciarsi ancora! Egli andò dietro la casa, camminando a testa bassa, con le mani in tasca, con un senso di smania in tutta la persona.

- Che noia! Perché sono tornato?

Là dietro la casa era umida: certi angoli del giardino, verdi di erba d'un verde metallico, parevano cantucci di cimitero. E subito la smania di andar fuori, lontano, lo incalzò. Era come una mano che lo spingeva, forte, sempre più forte.

Aperto il cancello lo richiuse, poi lo aprì ancora, guardando per terra per assicurarsi che il ferro correva bene sul sabbione del viale; infine si mise lì davanti, buttò via col piede qualche sassolino, sbadigliò, tossì: e allo stridere rauco della gola rosa dal male, il suo viso duro si sollevò, con gli occhi pieni di un'angoscia feroce, protendendosi come per ascoltare un richiamo già noto ma non per questo meno spaventoso.

Allora si rimise a camminare, per sfuggire anche quella voce. Il sole era tramontato, ma laggiù lungo il fiume pareva che il suo splendore perdurasse ancora: tutto il bosco ceduo era d'un giallo luminoso e l'acqua dorata brillava attraverso i fusti argentei dei pioppi. Si udiva, nel silenzio profondo, lo scroscio dei molini lontani e un lamento di fisarmonica, un grido così straziante e pieno di implorazione che pareva venir dal fiume, da una donna giovane e bella che annegasse.

E l'uomo andava; camminava sulle foglie secche, divertendosi a tuffarvi i piedi e a trascinarsele per il sentiero, come faceva da ragazzo, mentre dagli alberi altre ne cadevano fermandosi sul suo omero e sul suo braccio simili a farfalle dure morte.

Arrivato all'argine si fermò: laggiù l'oro del tramonto si smorzava nel verde dell'acqua e dei giunchi e nell'aria restava l'odore dei pomi di cui era carica una barca che scendeva il fiume, e nella quale appunto si suonava la fisarmonica. Egli andò lungo l'argine, seguendo l'odore e il suono; ma in breve si trovò in una radura circondata di pioppi, con le casette bianche del paese fra il giallo degli orti.

Un sentiero erboso attraversava la radura, apriva il bosco, lasciava veder in fondo la casa rossa.

Egli non voleva andare oltre; ma i suoi piedi lo portavano contro la sua volontà. Sapevano la strada, i suoi piedi, e la vollero percorrere ancora.

- Ma perché, poi? - si domandava.

E non sapeva rispondersi. Si sentiva spinto da una forza invincibile e andava; andava annoiato, disgustato, ma andava.

Il cancello era aperto sul ponticello sopra il fosso la cui acqua, al riflesso della casa, pareva sangue: sui muri pendevano, grandi ghirlande funebri, i festoni gialli e rossi della vite, e i vetri tremavano e stridevano al vento come chiamando qualcuno che passava di là senza voltarsi.

Egli andò fino alla porta: lì si ribellò: no, non voleva entrare, non capiva perché era andato fin là, perché prendeva gusto a tormentarsi. Tornò indietro, fino alla siepe di robinie; qualche cosa lo fermò di nuovo, lo costrinse a sollevare la testa. Era ancora l'odore delle mele, che non veniva più dalla barca ma dalla casetta stessa. Un coro di voci infantili che si sparse nell'aria come un velo scintillante, parve fondersi con quel profumo dolce di fanciullezza, di frutta intatte color di rosa e d'oro.

Erano i bambini di un piccolo asilo fondato dalla padrona della casa rossa; la maestrina sentimentale li aveva condotti a dare l'addio ed a pregare intorno alla loro benefattrice morta. La maestrina stessa aveva composto il coro, e il primo verso diceva:

Tu che a Dio spiegasti l'ali...

L'uomo giù accanto alla siepe di robinie sorrise: un sorriso che di nuovo diede ai suoi occhi un'espressione di angoscia non più umana.

E tornò davanti alla casa, entrò, si tolse il cappello e, come un tempo, invece di lasciarlo sull'attaccapanni dell'atrio lo portò su in mano fino alla camera di lei.

La camera vasta, con tre finestre verdi di crepuscolo e di foglie, pareva piena di uccelli e di stelle: i bambini vestiti di grigio, ciascuno con un cero acceso in mano, cantavano, e in mezzo era lei, stesa lunga bianca sul letto coperto di damasco rosso, con la faccia pallida fra i capelli che sul velluto nero del cuscino parevano azzurrognoli. Il cuscino era ricamato d'oro: d'oro anche il pettine intorno alla fronte: così lei, in quella camera verde, con quell'odore di frutta mature, con tutti quegli uccellini e quei fiori di fiamma tremuli sui lunghi steli di cera, sembrava la bella addormentata nel bosco.

Per questo i bambini cantavano con piacere; e con piacere videro il signore sconosciuto avanzarsi piano piano e stare immobile davanti al lettuccio con gli occhi fissi sul ricamo del cuscino.

Era naturale ch'egli guardasse il cuscino: anche loro, uno per uno sfilando davanti alla benefattrice morta, avevano guardato il cuscino: spiccavano sul velluto, ricamate in oro, due parole semplici che parevano scritte perché ciascuno di loro le leggesse.

«Ti aspetto».

Si capisce, ella li aspettava uno dopo l'altro vecchi vecchi in paradiso: nessuno aveva pensato di piangere, per questo, tanto più che la maestra nel condurli aveva detto: «È per rendere l'ultimo omaggio a chi vi ha beneficato, ma anche per abituarvi allo spettacolo grande della morte: siate forti: avanti, a due a due». Ed ecco invece quel signore alto, così ben vestito, piega d'un tratto le gambe come gliele rompano, e cade inginocchiato, e curva le spalle, col viso fra le mani come uno che ha paura. Si vede che ha paura dei morti. Un bambino ride piano piano; un altro ride più forte; il velo monotono del coro infantile si rompe, scintilla, ed è come un pigolio di passeri scappati dalla rete, un trillare di rondini svolazzanti intorno alla bella addormentata nel bosco.

LO SPIRITO DEL MALE

Era d'ottobre ma faceva ancora caldo, e Valentina Lecis, la moglie del dottor Lecis, sentiva fin dentro la sua camera il chiacchierio un poco stanco e le risate vaghe delle donne riunite nella strada a prendersi il fresco come nelle notti di luglio.

Per conto suo ella aveva già chiuso la finestra e sbadigliava, disponendosi ad andare a letto.

Suo marito era fuori e aveva chiuso a doppio giro la porta, senza dimenticare la solita avvertenza di tutte le sere a sua moglie e alla vecchia serva:

- Non aprite la porta e neppure le finestre, se la persona che picchia non è più che conosciuta.

Valentina, inoltre, conosceva troppo bene il desiderio di lui, che ella non si affacciasse alla finestra, neppure di giorno, e non prendesse parte alle chiacchiere delle donnicciuole della strada. Egli teneva molto al decoro e alla dignità della famiglia, e anche lei ci teneva; non aveva mai protestato, quindi, se il suo unico divago era di andare in chiesa o di fare qualche visita cerimoniosa, accompagnata dal marito; e se in quelle tiepide sere d'ottobre, prima delle nove la vecchia serva che era stata sua balia dormiva già, nello stesso letto coi bambini, uno per parte, e tutto era silenzio in casa.

Anche a lei non restava di meglio che andarsene a letto in santa pace. Quella sera, però, si sentiva tutto d'un tratto scontenta: sbadigliava e guardava fisso il suo piccolo piede tenendosi con le mani intrecciate il ginocchio destro accavallato su quello sinistro. Non che avesse voglia di andare a ballare; era stanca perché tutto il giorno aveva aiutato la serva, o meglio la serva aveva aiutato lei a travasare del mosto, e ancora ne odorava tutta e si sentiva girare la testa per una vaga ubbriachezza: ma forse era appunto questo stordimento e l'aria dolce della sera e quel chiacchierio di donne desiose, e anche un canto corale lontano sfumato nel silenzio e nella chiarità lunare, che le davano un'irrequietudine nervosa, un desiderio di cose nuove, indefinibili.

- Che vita, Santa Maria mia! Sempre la stessa cosa.

Cominciò a slegarsi la scarpetta spruzzata di mosto. Aveva le calze traforate, e pensava che dopo tutto suo marito era buono; non le lasciava mancar nulla: le faceva venire dai Fratelli Bocconi i vestiti con la cintura di seta e le calze alla moda. Se aveva travasato lei il mosto, quel giorno, è perché bisogna bene che una buona padrona di casa dia attenzione alla roba che Dio le concede; e il marito anche lui invecchiava lavorando, e aveva le sue buone ragioni per voler tenere alto il decoro della famiglia e non permettere a sua moglie e neppure alla vecchia serva pelata e sdentata di dare il più piccolo motivo alle mormorazioni del prossimo.

Eppure, pensando a tutto questo ella smise di slacciare la scarpetta e tornò ad accavallare le gambe tenendole un poco scoperte: belle gambe lunghe, dalla caviglia fine: la pelle bianca traspariva attraverso le calze traforate. Un sorriso ambiguo, fra di scherno e di pietà, le sollevò il labbro carnoso; ma tosto fu spento da un lungo sbadiglio che le diede un brivido. S'alzò e si sciolse la treccia castanea per rifarla più stretta per la notte; e mentre con la testa reclinata da un lato lisciava e torceva con un piacere sensuale delle dita le tre lunghe bande di capelli che parevano di seta, sentì picchiare lievemente alla finestra. I suoi occhi si spalancarono, le dita si fermarono fra i capelli: un attimo, e tante cose le passarono in mente.

Così picchiava suo marito, quando era ancora studente e amoreggiavano di nascosto dai parenti di lei. La camera era al pianterreno, con due finestre una a ponente verso la strada, l'altra a levante verso una specie di aia aperta che confinava con la collina.

Così picchiava suo marito, perché era facile parlarsi dalla finestra a levante. Ella si rivedeva dritta ansiosa ad aspettarlo: egli le appariva come in sogno; e se la luna sorgeva dalla bassa linea della collina a lei pareva una fiamma d'oro che sgorgasse fra i capelli ricciuti dell'amante.

Allora la finestra era piccola, senza inferriata; la famiglia di lei, di paesani benestanti, non aveva tante pretese e viveva con una libertà che rasentava il disordine; più tardi, dispersa la famiglia e rimasta la casa a lei, il marito aveva fatto ingrandire porte e finestre e mettere le inferriate: egli amava la simmetria, la sicurezza, l'ordine, e aveva sempre le sue buone ragioni per fare quello che faceva.

I colpi insistevano; tutti i vetri tremolavano.

- Se fosse lui, per provarmi?

Perché più di una volta l'aveva messa alla prova. Ebbene, ella non seppe perché, ma la sola idea che fosse lui, per provarla, le diede un impèto di rabbia.

- E io voglio vedere chi è.

- Chi è? - domandò senza muoversi.

- Amici.

Era una voce sconosciuta, che le parve quella di uno straniero.

- Che cosa volete?

- Sono un forestiero di passaggio e ti porto i saluti di tuo fratello.

Ella si riattorcigliò subito i capelli e senza badare che lo sconosciuto le dava del tu, come del resto usano i pastori di certi paesetti, aprì la finestra. Ma invece di un pastore vide, ben disegnata sullo sfondo bianco di luna, la figura elegante di un giovine signore. Vestito di nero, col viso scuro allungato da una barbetta nera a punta, col bianco degli occhi e i denti chiari come fatti di perla, egli le ricordò subito la figura di suo marito studente; solo che era più alto, altissimo anzi. Lei non aveva mai veduto un uomo così alto; arrivava quasi all'arco della finestra, e con le braccia aperte appoggiate all'inferriata dava l'idea d'una croce.

Mai lei si era sentita così mortificata di non avere libertà di ricevere un ospite. Non potendo far altro lo salutò gentile e timida dandogli del lei.

- Mi dispiace tanto di non poter aprire. Mio marito è fuori... Ha la chiave lui... Io ero già a letto perché non sto molto bene.

Egli la guardava dall'alto, scostandosi un poco perché il chiarore della luna la illuminasse meglio: pareva volesse osservarla bene e che l'esame lo lasciasse soddisfatto.

- Si può parlare anche così, come i prigionieri - disse, serio. Tuttavia Valentina ebbe l'impressione ch'egli si beffasse un poco di lei, e la sua mortificazione crebbe.

Le venne il desiderio di parlar male di suo marito; ma lo straniero non gliene diede tempo perché cominciò a parlarle del fratello di lei, impiegato in una miniera, e in ultimo abbassando la voce disse una cosa che la offese e la sbalordì.

- Io speravo di farti una lunga visita entro casa tua. Ma si vede che non ricevi più... che ti sei messa in regola con Dio!

- Io sono fin troppo in regola con Dio - ella esclamò ergendosi fiera. - E tu puoi fare a meno di parlare così con chi non conosci!

L'uomo mise il braccio dentro l'inferriata e le afferrò la mano.

- Perdonami e scusami! Forse ho sbagliato. Chi sei? Valentina o Rosaria?

- Sono Valentina Lecis, la moglie del dottor Vittorio Lecis.

Egli si tolse subito il cappello ma non le lasciò la mano, stringendola sempre più entro la sua morbida e calda; e riprese, con accento rispettoso e quasi commosso:

- La prego di scusarmi. Io ho picchiato credendo che qui stava sua sorella, e vedendola chiusa in questo modo mi convincevo ch'era proprio Rosaria.

Valentina si mise a ridere; pure così scambiata dallo sconosciuto, pure così presa nel morso della mano di lui, si mise a ridere. Il calore di quella mano le saliva su per il braccio, fino alla testa; e di nuovo un'ubbriachezza simile a quella che dà l'odore del vino in fermento le destava un'allegria senza ragione. Ebbe voglia di scherzare, di burlarsi un poco dello sconosciuto.

- Si vede che vieni da una miniera sui monti e non conosci il mondo - disse, dandogli a sua volta del tu. - Sono proprio Valentina Lecis, la moglie legittima del dottor Vittorio Lecis, ma come vedi sono chiusa dentro a chiave, mentre mia sorella Rosaria, che sta con un uomo che non è suo marito, è libera in casa sua, padrona di ricevere gli ospiti e di fare quello che vuole.

L'uomo non pareva sorpreso. Solo disse, con accento di filosofo:

- Così va il mondo.

E si rimise il cappello e cercò di prenderle l'altra mano. Lei aveva una grande voglia di dargliela; ma pensava a suo marito e in fondo provava vergogna a essere così sfacciata. Qualche cosa di strano, di malefico, la costringeva però a fare così. Ed era appunto il pensiero di burlarsi anche di suo marito, di aver finalmente l'occasione di vendicarsi della schiavitù a cui egli la sottometteva, che le dava un'eccitazione piacevole.

Tentò di liberarsi dalla stretta dello sconosciuto, ma continuò a parlargli con famigliarità e leggerezza.

- Del resto Rosaria è cento volte più fortunata di me. Io lo dico sempre, a mio marito: preferirei la sorte di mia sorella alla mia. Almeno ha la sua libertà. L'uomo col quale vive l'ama e la rispetta più che i mariti amino e rispettino le loro mogli. Lei è l'assoluta padrona della casa, e possiede denari e gioielli. Ma quello che più importa è la libertà: nulla può paragonarsi alla libertà. Rosaria è libera come gli uccelli dell'aria: se stasera o domani le vien voglia di girare il mondo può partire senza chiedere permesso a nessuno. E se tu stasera andrai a trovarla, a portarle i saluti del nostro fratello, ella certo non ti riceverà così, dietro un'inferriata, come ti riceve la moglie del dottor Lecis. Se vuoi andare va pure, a trovarla; ella ti aprirà e ti farà onore come si deve all'ospite, ti riceverà come una signora che è, nella sua bella stanza, seduta sul canapè di seta, con le dita piene di anelli come una sposa nuova. Va, va pure, - proseguì sempre più esaltata, - l'amico suo non è in paese, ma anche ci fosse, lei ti riceverebbe lo stesso. È libera, ecco tutto! La sua casa è dietro la chiesa, poco giù di qui, con la porta e le finestre verdi: non c'è da sbagliare, non c'è altra casa con la porta e le finestre verdi...

D'improvviso tacque, quasi ansante: nella foga del parlare s'era accostata tanto all'inferriata che l'uomo aveva avuto modo di cingerle la vita col braccio e di accostare il viso al viso di lei.

- Come mi piaci, - le disse, - peccato che tu non sii libera di ricevermi!

Il suo alito era ardente. Valentina appoggiò la fronte all'inferriata e sentì tutte le sue viscere tremare. Mai aveva provato una gioia e un dolore simili: e l'alito dello sconosciuto le passava sui capelli e le scendeva giù per la nuca e per il solco delle spalle come un rivolo d'acqua calda che aumentava il fremito d'ogni sua fibra: mai aveva provato una gioia e un dolore simili.

Ma un passo risuonò nel viottolo dietro l'aia. Ella balzò, spaurita, mormorando:

- È mio marito!

E lo sconosciuto la lasciò subito, allontanandosi senza neppure salutarla. Ella chiuse la finestra e si mise a spogliarsi in fretta. Il passo andò oltre.

Il passo andò oltre; non era quello di suo marito, o forse, sì, era il passo di suo marito ma era andato oltre.

Ella restava immobile davanti al suo grande letto candido, scalza e con la treccia sfatta che le scendeva sul petto. Non riusciva a coricarsi. Un'irritazione cupa scacciava a poco a poco il suo turbamento.

- Che vita, Santa Maria mia, - ripeté, ma non aggiunse: - sempre la stessa.

Una speranza dolce e terribile le nasceva in fondo al cuore: che lo sconosciuto, la sera dopo, tornasse: e qualche cosa di più terribile ancora le nasceva in un luogo profondo che non era certo il cuore: la gelosia e l'invidia per sua sorella.

Ecco, la vedeva a ricevere l'ospite, il signore bello e ben vestito come è il diavolo nelle sue trasformazioni umane, - secondo la leggenda; - la vedeva a riceverlo nella sua bella stanza col canapè di seta, a offrirgli il vino buono, a chiedergli con la mite dolcezza che aveva sempre formato il maggior fascino di Rosaria, notizie del fratello lontano, della miniera, della vita della miniera. Ed egli la guardava silenzioso, col bicchiere in mano; poi deponeva il bicchiere e le prendeva le mani: - Come mi piaci!

L'alito ardente dell'uomo smuoveva i lievi capelli della donna. Egli le stringeva così forte le mani che gli anelli di lei gli pungevano le dita.

A lei, Valentina, non rimaneva che riprendere a raccontare a sé stessa la felice storia della sorella.

- Rosaria è fortunata; è più fortunata di me. La libertà...
i gioielli... l'amore... ha tutto...

Di nuovo un passo la fece scuotere. Sollevò la testa, si
rigettò indietro la treccia sfatta, col moto fiero di una
giovine puledra che scuote la criniera. E si alzò,
aspettando. Era suo marito? Lo aspettava. E che egli
provasse a chiederle perché era ancora alzata! Che egli
provasse a dirle alcuna cosa sgradevole. Era tempo di
finirla; di rompere le catene della schiavitù. Era pronta
alla ribellione. Ma anche questa volta il passo andò oltre
ed ella si abbatté sul letto piangendo nervosamente.

L'indomani all'alba Rosaria fu trovata morta strangolata
nella sua bella stanza dai mobili di noce, sul canapè di
seta. I denari e i gioielli che la sorella le invidiava erano
scomparsi.

Valentina e suo marito stavano ancora a letto, quando la
vecchia serva portò tutta spaventata la notizia. Il dottore
balzò silenzioso dal letto, mentre Valentina, sollevata con
terrore sui guanciali gridava:

- È stato lui, è stato lui!

E raccontò confusamente la visita dello sconosciuto. Il
dottore fece uscire la serva, poi afferrò la moglie per gli
omeri e la costrinse a rimettersi giù.

- Tu sei malata - le disse con calma feroce. - Tu hai
sognato e ti guarderai bene dall'accusare nessuno e
sopratutto dal raccontare che hai aperto la finestra ad uno
sconosciuto. Tua sorella riceveva tutti. E adesso io
metterò il lucchetto anche alle tue finestre.

E la costrinse a stare a letto. Ella piangeva, sopratutto
pensando che aveva indicato lei la casa della sorella allo

sconosciuto; e cercava di convincersi che questi non era altri che lo spirito del male incarnato in un bel giovine signore, ma alla notte si sentì più tranquilla, nella sua camera solitaria, perché il marito aveva messo il lucchetto alla finestra.

SELVAGGINA

Sebbene non aspettasse nessuno, ad ogni rumore di passi Rasalia sollevava la testina lunga avvolta in un fazzoletto nero diventato verdastro, e oramai più per abitudine che per volontà di male, imprecava contro tutte le persone che passavano. Erano per lo più donne con l'anfora sul capo e fanciulli con orci di sughero sulle spalle, che scendevano giù al fiumicello in fondo alla valle o salivano su fino alla sorgente della montagna in cerca d'acqua.

Bisognava camminare, in quell'anno di siccità, per trovare un po' d'acqua: e il sentiero dietro la casupola di Rasalia, fra il cimitero e le prime falde del monte, di solito attraversato solo da pastori o da cacciatori, era, dopo il mese di aprile, frequentato come uno stradone.

Dal suo posto, sotto un gruppo di tamerici alla cui ombra si rifugiava in cerca di un po' di frescura che smorzasse la sua febbre di malaria, Rasalia vedeva dunque passare sullo sfondo azzurro dell'orlo del ciglione le figure nere delle vecchiette e quelle delle fanciulle dal corsetto d'oro; ed erano anche donne benestanti, che avevano pozzi e cisterne in casa, che andavano in cerca d'acqua.

Qualche ragazzo si sporgeva dal muricciuolo e buttava un sasso fra le tamerici con la speranza di farne sbucare qualche biscia o di snidare almeno le lucertole; ma nel veder la testa verdastra di Rasalia, che col suo viso stretto e gli occhi obliqui lucenti aveva davvero una vaga rassomiglianza con quei rettili, scappava imprecando anche lui.

Quel giorno - era verso la fine di maggio e già un gran caldo e la serenità desolata del cielo annunziavano una spaventosa estate di sete, di carestia e di febbre - il sentiero era più che mai animato: tutti ormai andavano alle fonti lontane, poiché i pozzi del paese erano completamente asciutti.

Rasalia, con la sua febbre addosso, stendeva invano le mani ardenti sull'erba giallognola cercando un po' di refrigerio; non poteva star coricata perché il sangue le andava tutto alla testa e anche a star seduta così, con le gambe piegate e le mani intorno alle ginocchia, vedeva volteggiare tutto intorno a sé, e le pareva che le figure, sull'orlo del ciglione, ballassero sospese fra cielo e terra. Molta gente passava, e lei, quindi, aveva più occasione di maledire. Ecco persino il servo del parroco, che va alla fontana del monte, sul cavallo carico di brocche: ecco persino la madre di Mattia Senes il sindaco che va, lunga e nera con l'anfora dritta sul capo che pare strisci sul cielo, ad attingere acqua alla fontana della valle; che muoiano di sete tutti, che le loro viscere si trovino al secco come i ciottoli in fondo al pozzo: tutti, ricchi e poveri, vecchi e fanciulli, tutti, tutti quelli che si sono burlati di lei, che l'hanno discacciata come una lebbrosa dalla comunità della gente sana, che hanno suonato le trombe e i coperchi di latta sotto la sua finestruola la notte delle sue nozze. Maledetti tutti.

Malediceva, poi appoggiava la fronte alle ginocchia e piangeva. E in fondo alla sua coscienza discuteva con Dio come s'egli le fosse davanti proteso sul muricciuolo come uno di quei vecchi servi che andavano alla fontana, con la barba bianca e il cappuccio tirato indietro dalla cordicella dell'orcio di sughero appeso sul collo. Discuteva, perché le pareva che dal muricciuolo Dio le lanciasse dei sassi che la colpivano alle tempia, al fianco, al piede, e ad ogni colpo le dicesse: questo perché imprechi, questo perché maledici, questo per ricordarti che bisogna esser buoni anche se si soffre.

- Esser buoni, esser buoni! E gli altri son buoni? - rispondeva lei, ribellandosi e reprimendo in fondo all'anima anche una brava maledizione contro lo stesso Dio. - E perché non lo dite anche agli altri? E gli altri son cattivi e sono fortunati lo stesso. Io, insomma, cosa ho fatto? Ho sposato il becchino, vecchio di quarant'anni più di me per giunta. Ma se l'ho sposato sapevo io i fatti miei: e poi, che cosa dovevo fare, infine, Dio mio, ditelo voi. Ma ditelo voi, dunque, che cosa malanno dovevo fare. Non avevo nessuno, né padre né madre né fratelli; neppure nemici avevo, e nessuno mi voleva neppure per serva. Perché mi avete fatto nascere povera e brutta, voi? Non avevo neppure la bisaccia per andare a chiedere l'elemosina. Non avevo neppure le scarpe: neppure i lacci delle scarpe, avevo. E quando sono stata in età di ragionare, non mi sono forse presentata in casa del prete e in casa di Mattia Senes, il sindaco, perché mi procurassero almeno un posto di serva? Va prima e levati la crosta dal viso, mi risposero, e Mattia Senes mi aizzò il cane suo livido come il lupo. Ancora mi si rizzano i capelli al ricordarlo. Avevo quattordici anni, e ancora non potevo andare in chiesa perché non avevo né scarpe né giubbone.

E allora venivo a pregare nella chiesa del camposanto, fra i morti, poiché i vivi non mi volevano. E così zio Antonio mi vide e disse se volevo sposarlo. E l'ho sposato, ebbene? Ridevano, sì, ma nessuno mi porgeva la mano. E i ragazzi ci buttarono le pietre, e alla notte suonarono le trombe. Ma verranno anche per voi le trombe del giudizio universale, maledetti siate. Sì, Dio; perché le persecuzioni furono tante che mio marito piangeva, ad ogni morto che seppelliva, quasi gli fosse figlio o nipote. E infine mi disse: «Rasalia, me ne vado in America, tanto tutti gli altri anche se ne vanno e oramai non c'è più lavoro. Me ne vado, Rasalia, figlietta mia; là, in America, ci sono pestilenze e molti morti, così potrò forse lavorare». E voi sapete, Signore, che io volevo andare con lui; e andai fino al porto, ma egli voleva e non voleva prendermi con sé: infine, poi, io tornai indietro, a piedi, camminai fino a veder la carne viva dei miei piedi, e tornai qui come il cane e il gatto che tornano sempre alla loro casa. E di mio marito non seppi più nulla: non sapeva scrivere, lui. Sono passati cinque anni, sarà morto, qualcuno avrà seppellito anche lui; sono andata a consultare la fattucchiera, se egli è vivo o morto o se sta con altra donna, ma voleva uno scudo, la fattucchiera, e dove lo prendo lo scudo, Dio mio? Ditelo voi dove lo prendo lo scudo, se c'è la carestia e persino il sindaco, Mattia Senes, va a caccia per mandare poi le pernici a vendere in continente. E come non devo maledire, allora? Eccolo lì, Mattia Senes, faccia di faina, maledetto sii tu e chi mangia le tue pernici e persino i cani che rosicchiano le loro ossa.

Una figura smilza d'uomo ancor giovane, vestito di fustagno, metà da paesano metà da cacciatore, saliva su dal paesetto: non aveva però né il fucile né il cane, e arrivato allo svolto del sentiero invece di proseguire verso la montagna saltò il muricciuolo e s'avvicinò dritto alla donna. Ella s'era sollevata, col cuore che le batteva forte; non aveva nulla da perdere, nulla da temere, eppure l'insolita visita le dava quasi un senso di terrore; e quando egli le si sedette accanto, sull'erba, a gambe in croce, afferrandosi come un bimbo i grossi piedi con le grosse mani, lo fissò spaventata. Egli però non rispondeva a quello sguardo: aveva, nel viso ispido, nerastro, gli occhi belli, chiari, liquidi, riparati sotto le sopracciglia selvaggie e la fronte prepotente come laghi sotto le roccie; ma li volgeva lontano, verso il paesetto bianco arrossato dal tramonto.

- Ti porto notizie di tuo marito - disse subito. - Notizie brutte.

- È morto?

- Morto è!

Lei chinò la testa ma non pianse: aveva vergogna, o meglio pudore a piangere davanti a quell'uomo che le portava la notizia così come fosse la notizia della morte di una bestia.

Eppure egli pareva preoccupato; volse due volte il viso verso di lei e due volte lo distolse quasi non potesse, non potesse guardarla; finalmente si fece coraggio, si assicurò che nessuno in quel momento passava, che nessuno poteva ascoltarlo, e la guardò, con gli occhi socchiusi, pieni d'un fascino felino.

- La lettera è arrivata a me, cioè a me sindaco, solo oggi; ma era da molto in viaggio; tuo marito è morto quest'inverno scorso e pare abbia lasciato un pezzo di terra. Che vuoi si faccia? Si deve vendere?

Ella andava calmandosi. Subito pensò che Mattia Senes era uomo capace d'imbrogliarla; d'altronde era anche sindaco: e di chi fidarsi se non del sindaco?

- Quanto può essere? Trenta scudi?

L'uomo sorrise. Era molto, molto di più.

- È molto, molto di più. Non so dirti preciso. In America poi è un valore, qui un altro.

Lei pensava, sfuggendo lo sguardo di lui che nonostante tutto le dava un senso di voluttà. Doveva piangere per la notizia? Se erano passati tanti mesi dalla morte del marito era inutile piangere; eppoi non lo aveva già pianto credendolo morto da anni?

L'uomo riprese, con voce grave:

- Rasalia, adesso è tempo di non stare più qui, fra l'erba e le pietre, come una vipera. Sei una donna, adesso: ho guardato nel registro, hai diciannove anni. Bisogna mettere giudizio, oh!

Le batté una mano sulla spalla, per scuoterla dallo sbalordimento in cui sembrava caduta: ella sussultò, e finalmente come un albero scosso dopo la pioggia cominciò a piangere. Non sapeva perché piangeva; forse per la gioia dei denari.

Egli la lasciò sfogare bene, finché persino le cocche del fazzoletto di lei furono bagnate di lagrime e le tinsero di verde il mento; poi riprese:

- Bisogna dunque mettere giudizio: bisogna anche vestirti di nero. Più tardi scendiamo giù a casa mia e mia madre ti darà un po' di roba da vedova: poi ti consiglio di non parlare con nessuno, di quest'affare. È meglio per te. Non viene nessuno in casa tua?

- E chi vuoi che venga? Neppure i cani... Io sto sempre qui fuori perché il tetto minaccia di sfondare.

- Eppure, - egli disse, sempre più pensieroso, - bisogna adesso star dentro, come si conviene a una vedova. Ebbene, puoi stare a casa mia. La gente non dirà nulla - osservò, ma come parlando a sé stesso; e scrollò la testa sdegnoso. - E se dirà, si lascerà dire. Son tempi che ognuno fa il fatto suo. Se tu hai difficoltà, ebbene, - concluse risoluto, - io ti propongo subito una cosa. Ti sposo, oh!

Ella volse il viso e di nuovo lo guardò spaventata.

- Sono dunque tanti i denari, maledetto tu sii?

Ma egli era già tutto allegro per il colpo fatto. Respirava con sollievo. Gli sembrava di aver preso una grossa pernice e di tenerla ancora calda e sanguinante fra le mani. E perché aspettare il cader del sole per tornarsene a casa con la preda? Si alzò dunque e la tirò su per il braccio, portandosela dietro per una scorciatoia deserta. E la teneva per il braccio per paura ch'ella gli scappasse.

Ella non pensava a scappare; pensava ai denari e camminava inciampando, con l'impressione che tutto fosse effetto della febbre.

- Quanto può essere? Trenta scudi no. Molto, molto di più. Forse cento scudi. Allora posso avere anche tre paia di scarpe, le une più belle delle altre. Forse cento trenta scudi, forse sette mila scudi.

La sua mente si smarriva a pensare tanto. Davanti alla chiesa l'uomo l'abbandonò, facendola però camminare davanti a lui: pareva si vergognasse di essere veduto con lei. E lei lo precedeva, dopo essersi per un attimo fermata davanti alla croce di pietra dello spiazzo della chiesa per farsi il segno della santa croce.

- In nome del padre, del figlio, dello spirito santo: ecco che vi siete ricordato di me, Signore mio.

Riprendeva a parlare con Dio: ma arrivati alla casa dei Senes, quando Mattia spinse il portone un cane cominciò ad abbaiare, ed ella ricordò il cane aizzatole contro, quella volta. E subito pensò di avvelenare la bestia, mentre per abitudine ricominciava a maledire.

LA FATTURA

La guerra, la siccità e la carestia non danneggiavano gli affari di compare Diegu, il mago ciabattino: la gente consumava egualmente le scarpe e aveva, anzi, un più spiccato bisogno di aiuto sovrannaturale. Quella notte, dunque, vera notte di leggende, con nuvole nere, vento e rumori misteriosi, eccoti una grande figura incappucciata spingere la porta di compare Diegu, entrare, chiudere e appoggiarsi con una spalla alla parete della stamberga in un angolo della quale il ciabattino piccolo e calvo lavorava ancora. E non smise di lavorare, compare Diegu, sebbene il cuore gli sobbalzasse di soddisfazione nel riconoscere la figura incappucciata, compare Zecchino Pons, il ricco proprietario che sebbene abitasse lì di fronte non s'era mai degnato di visitarlo.

È vero che, come del resto al solito verso quell'ora di sera, il ricco Zecchino Pons era alticcio; cosa che però se lo costringeva a piegarsi un poco sulla sua grossa persona molle non gl'impediva di conservare un viso serio, da uomo saggio, e di parlare con dignità un poco sprezzante.

- Be', compare Diegu, come vanno gli affari? Bene, fucilato tu sii; ho veduto uscire di qui, oggi, Mariapaska e, poco fa, un uccello nero che mi è parso un prete... E allora, - riprese dopo un momento di silenzio, mentre compare Diegu continuava a lavorare chinando molto il viso sulla vecchia scarpa che teneva appoggiata al ginocchio sul suo grembiale di cuoio, - allora ho detto a me stesso: Zecchino Pons, poiché ci vanno le ragazze di buona famiglia e i preti, e va tu pure, dal fattucchiere. Ebbene, qui corrono denari sonanti, non libbre di lardo né misure di patate: quando si fa una cosa per conto mio, per conto di Zecchino Pons, corrono denari sonanti. Oh, dunque si tratta di farla bene, però, la cosa: una fattura che renda impotente e innocuo un animale feroce. È bene per tutti: è un'opera di carità. Tu lo sai che io sono buono: a chi mai ha fatto male Zecchino Pons? Sempre bene, con la mano destra e con la sinistra; non ho neppure il porto d'armi, perché chi non sa difendersi con le mani che Dio gli ha dato non trova armi che lo possano difendere. E mia moglie, forse, non è una donna santa? Eccola lì, dentro casa, come Maria dentro la sua nicchia. A chi fa del male, Barbara Pons? Neppure alle mosche. Figli non ne abbiamo, ma tutti i poveri del paese sono nostri figli. Mi si può osservare che bevo qualche bicchiere di vino. Ebbene, e che t'importa? - gridò minaccioso verso compare Diegu che taceva e sorrideva alla sua scarpa. - È vino della mia vigna. Perché dunque io devo rovinare la mia vita e dannarmi l'anima se quell'animale feroce di Nicolao, il mio vicino di casa, fucilato sia, ha giurato di farmi andare in carcere in questa vita e all'inferno nell'altra?

Il ciabattino sollevò un poco il viso: aveva capito. E pensava già quali versi della Bibbia occorrevano per la fattura contro il disgraziato Nicolao; ma per scrupolo di coscienza domandò sottovoce:

- Sei certo che i dispetti te li fa lui?

- Certo, certissimo. Ecco qua - ribatté l'altro, contando sulle sue grosse dita. - Fino a novembre siamo andati d'accordo. Nicolao lavorava spesso per conto mio e la moglie e i suoi marmocchi erano sempre in casa mia: mangiavano dal mio canestro come cani affamati che sono. In novembre, ricordi, vennero giù quelle pioggie dirotte che allagarono mezzo mondo. Ebbene, la moglie di Nicolao chiuse il buco per lo scolo delle acque dal mio cortile al suo: dovevo affogare io, non lei, intendi! Ma la legge è la legge, ed io tornando a casa trovo invece mia moglie con la casa inondata. Tremava come una gallina che è, mia moglie, invece di provvedere, e la serva che pure si chiama Ausilia invece di dare un aiuto, poltrona com'è, s'era rifugiata nella legnaia perché credeva fosse il diluvio universale. Allora che cosa dovevo fare, io, dillo tu? Non solo riaprii il buco ma ne praticai altri tre, nel muro, e vuotai il pozzo che mi si era riempito fino all'orlo. Del resto tu ricorderai gli urli della moglie di Nicolao: lui stava zitto, dentro casa, ma la notte stessa mi sradicò tutte le piante dell'orto, e poi mi avvelenò il cane, e poi mozzò le orecchie alla mia cavalla, e adesso, non più tardi d'ieri mi sgarettò i buoi ch'erano al pascolo: tutto questo in silenzio, come il demonio, senza lasciar traccia di sé. Io non riesco neppure più a vederlo, e la moglie urla, quando mi vede, e dice se io oso accusare il marito ella andrà direttamente dal pretore per querelarmi per calunnia. E allora, poiché giustizia nel mondo non c'è, allora, dico io, andiamo da compare Diegu, ricorriamo al diavolo. Se è vero che fai gli intrugli, ebbene, fanne uno che leghi le mani di quel malfattore e gl'impedisca di dannarmi l'anima. Ho vissuto sessant'anni senza peccare, perché devo cominciare adesso?

Il ciabattino s'era sollevato del tutto, deponendo la scarpa sul deschetto nero ove brillava una piccola lucerna ad olio: il suo viso giallo solcato da due sottili baffi uno più lungo dell'altro aveva un'espressione veramente diabolica. Ripeté sottovoce:

- Zecchino Pons, sei certo che è il tuo vicino a farti i dispetti? Puoi assicurarlo sulla tua coscienza?

L'uomo esitò un momento: si ripiegò ancora di più, parve guardare dentro di sé.

- Io non ho nessuno che mi vuol male. Posso assicurarti che è lui. E non aver scrupoli, perché se anche tu non sei un imbroglione e la cosa riesce, vedrai chi è Zecchino Pons. Penserò io a tutto, se si tratta di aiutare la sua famiglia, purché sia salva l'anima mia.

E anche lui si sollevò e aprì le braccia facendo dei gesti per rassicurare meglio compare Diegu; ma la sua ombra enorme, sulla parete e sulla vôlta della stamberga, pareva un orso che si disponeva a divorare il ciabattino col suo deschetto, le scarpe vecchie e tutto.

Fu proprio l'indomani mattina che Ausilia la serva dei Pons, attingendo l'acqua dal pozzo, sentì i primi lamenti di Nicolao. S'arrampicò al muro, coi grossi piedi penzoloni e stette ad ascoltare: era un lamento acuto, stridente, come di un animale ferito. Balzò giù e andò dalla padrona, dicendole con aria beata:

- In casa del nostro vicino si sente il lamento di uno che se ne va all'altro mondo. Dev'essere zio Nicolao.

La padrona, che rassomigliava davvero a una Madonna, con le mani lunghe fini e il viso lungo fino d'un bianco laccato e come imbrunito e screpolato dal fumo dei ceri, cominciò a tremare. Tremava per ogni cosa, del resto, forse perché beveva troppo caffè; ma la notizia che forse zio Nicolao se ne andava all'altro mondo la turbò anche perché s'accorse che ne provava gioia.

- Signore mio, - disse passandosi le mani davanti al viso per scacciare l'ombra dell'odio, - speriamo che non sia. Come farebbe la sua povera famiglia? Va a vedere: siamo tutti cristiani figli di Dio.

La serva andò e ci mise tanto tempo che quando tornò il padrone era già rientrato dalla sua visita mattutina alla bettola e sellava il cavallo per recarsi al suo oliveto. Anche lui sentiva il lamento, nella casa attigua, e rizzava le orecchie come il cavallo ai fischi del vento.

- Ausilia Berrina, fucilata tu sii, donde vieni? - le domandò sospettoso, perché sapeva che la ragazza, nonostante il suo divieto, frequentava la casa del vicino.

Ausilia infatti lo guardò fisso, con gli occhi grigi terribili di beffa.

- Ero dal vicino nostro che se ne va all'altro mondo. Ha un male curioso che non si sa cosa sia: pare gli abbiano fatto la fattura.

Egli lasciò cader la briglia e si mise a ridere. Riso di gioia, ma anche d'incredulità: poi si rifece serio perché gli pareva che la serva si beffasse un po' troppo di lui.

- Hai sentito, moglie? - disse affacciandosi alla cucina. - Hai sentito la storia?

- Sentita l'ho, Zecchino mio.

Egli entrò e parve volesse dire qualche cosa; poi di nuovo uscì, e solo quando fu in sella si fece stringere lo sprone al piede dalla serva e disse a voce alta:

- Be', siamo cristiani. Di' alla tua padrona che mandi qualche cosa a quei marmocchi.

E se ne andò, per i sentieri della valle, fra l'ondulare bianco degli oliveti, sotto la montagna nera fatta più alta dai molli macigni delle nuvole; e pensava che Dio è ben curioso, a volte, dando subito retta a tutte le domande che gli si fanno, e lasciando tanta libertà al diavolo. E brontolava: «Adesso sei contento, Zecchino Pons», poi vedeva gli occhi della serva scintillare tra le foglie umide degli ulivi, e diceva, rivolto col pensiero al ciabattino:

- Fucilato tu sii, ma chi ti ha detto di farlo soffrire così?

Secondo ulteriori informazioni di Ausilia, il disgraziato Nicolao aveva una malattia misteriosa e terribile, forse un cancro allo stomaco, forse qualche cosa di peggio; il fatto è che il lamento si udiva sempre e sempre più straziante. Pareva trapassasse i muri spandendosi come una maledizione nella casa quieta di Zecchino Pons.

Barbara Pons tremava, nel sentirlo, come le trafiggessero il cuore; a volte usciva nel cortile, vedeva la serva crudele, arrampicata al muro, tendere il muso rosso di freddo quasi a fiutare l'aria di malefizio che spirava dalla casa del vicino, e toccandole il piede le diceva con dolcezza:

- Scendi, Ausilia, scendi, per amor di Dio. E va a portare questo.

Erano continui regali che mandava ai disgraziati vicini: formaggio, olio, legumi, carne.

A sua volta Zecchino brontolava, seduto melanconicamente accanto al fuoco.

- Barbara, moglie, sai cosa devo dirti? Che quella pezzente della nostra vicina potrebbe curare suo marito e chiamare un buon dottore per visitarlo. Che modo è questo di seccare giorno e notte i vicini?

- I dottori buoni vogliono essere pagati, Zecchino mio.

- Ebbene, e i buoni cristiani che cosa stanno a fare nel mondo? E se i dottori vogliono essere pagati, forse denari sonanti non se ne trovano più, nel mondo?

Una sera il grido del malato tremolò così straziante, che pareva il lamento di un'anima in pena murata nelle pareti stesse della casa dei Pons. Per di più anche i bambini piangevano. Zecchino era rientrato dal suo ovile portando a casa due capretti bianchi di grasso. E Ausilia ne arrostiva uno; ma quando la buona cena fu pronta, il padrone disse che forse aveva anche lui un cancro allo stomaco; e d'un tratto si alzò, staccò dal piuolo accanto alla porta l'altro capretto, lo piegò, lo palpò, infine lo buttò addosso alla serva.

- E va, pezzente, va a portarlo a quei morti di fame. Che mangino e stiano zitti: che mangino e lascino mangiare.

La serva uscì nel cortile e chiamò dal muro il bambino dei vicini, gettandogli il capretto; poi rientrò e sparecchiò in silenzio. Ma il lamento continuò più chiaro del solito: è vero che anche altri rumori vibravano, quella sera, nell'aria limpida; si sentiva persino, a momenti, quando cessava il picchio argentino del fabbro che batteva il ferro sull'incudine, il martellare secco del ciabattino nella sua tana: e i bambini piangevano, ridevano, piangevano ancora; e negli orti fischiava la faina e qualcuno spezzava della legna, al chiarore azzurro della luna di febbraio: ma sopra ogni rumore insisteva quel lamento, come il grido del cuculo nelle notti di primavera.

Ed ecco d'un tratto il nostro Zecchino si alza e si mette sulla porta guardando di qua e di là appunto come un ragazzo che tenta di orientarsi prima di mettersi alla ricerca del cuculo. Stette così tanto tempo che non si accorse che la moglie se ne andava nella sua camera e la serva si addormentava con lo strofinaccio in mano e un piatto bianco con un uccello rosso in grembo.

Era una notte così chiara che il gattino, credendo fosse giorno, saltellava intorno al cane accucciato sotto la tettoia. Ed ecco un rumore di passi infantili nel cortile del vicino: qualcuno apre il portone e corre per la strada. Il martellare del ciabattino cessa: di nuovo si sente un rumore di passi lievi nella strada, il portone del vicino viene chiuso. Anche il lamento cessava, poi riprendeva a intervalli, ma aveva come delle vibrazioni allegre; a volte rassomigliava al canto del gallo.

Zecchino Pons non aveva mangiato né bevuto, quella sera. Gli sembrava di essere lieve, come se l'aria pura e il chiarore della luna gli rendessero un poco della sua bella lontana giovinezza. E tendeva le orecchie, e gli sembrava di sentire e di veder più chiaro del solito. D'improvviso il gattino gli passò davanti di corsa, balzò sul muro, tese le orecchie in avanti e saltò di là. E Zecchino Pons, come preso dalla pazzia di imitarlo, fece altrettanto; solo che fu meno agile: ad ogni modo si trovò anche lui nel cortiletto del vicino e spinse la porta della cucina.

I disgraziati vicini banchettavano; il capretto era in mezzo a loro, sul tagliere di legno, e il disgraziato Nicolao, grasso e rosso, seduto sulla stuoia, con la schiena

dritta e larga come una tavola, porgeva di qua e di là alla
moglie e a compare Diegu circondato dai bambini, le due
parti della testa spaccata del capretto con le cervella rosee
velate di sale.

FIABA

La principessina, seduta presso la vetrata dell'abside del suo salone, guardava le nuvole salire dal mare lontano e si domandava perché viveva.

La principessina aveva venti anni, ma ne dimostrava di più e di meno, coi capelli nerissimi già qua e là sfumati in argento e il viso fresco ma d'un pallore d'avorio. Il padre e i fratelli le erano morti in guerra e il fidanzato, un principe di Spagna, l'aveva abbandonata perché il tesoro da lei ereditato non era grande come si sperava. Lei dunque, ritirata in un castello verso il mare, si domandava perché viveva. Non soffriva più, ma a volte rimpiangeva il tempo in cui almeno soffriva, quando il dolore le irrompeva dentro con rombi e schianti di uragano, ma anche con bagliori di fulmine. Il suo orgoglio allora si moveva in mezzo al turbine come un leone incatenato; ruggiva, cercava di azzannare il dolore; a volte vinceva. Il tempo poi, buon medico non richiesto, aveva levato a brani dal petto della principessina il cuore malato: adesso tutto taceva e tutto era vuoto, dentro di lei, ed ella rimpiangeva i giorni in cui almeno soffriva. Adesso i giorni passavano così, né belli né brutti, lunghi sebbene fosse d'inverno. Ma era un inverno mite, riscaldato dall'alito del mare; le querce del bosco sotto il castello conservavano tutte le foglie secche dorate, e quando passava il vento si vedeva attraverso gli alberi l'erba scintillare come un'acqua verde.

E di sera il cielo era così limpido che pure attraverso la vetrata chiusa alla principessina pareva di distinguere il roteare delle stelle nello spazio. Quella sera però le nuvole salivano dietro il bosco, su dal mare; erano già nuvole primaverili, gialline e rosee soffuse d'azzurro, e per la prima volta dopo tanti mesi, la principessina, nel domandarsi perché viveva, sentiva voglia di piangere. Perché, per chi piangere? Questa domanda le teneva le lagrime sospese sulle palpebre come stanno le goccie della rugiada sui fili dei ragni; ma d'un tratto una gliene cadde sul petto e dal petto le balzò sul grembo: intese allora che piangeva su sé stessa perché aveva pietà di sé stessa, e mille altre lagrime le caddero dagli occhi, sul petto, sul grembo, fino ai piedi.

Allora le parve di ricordarsi di qualcuno che aspettava il suo aiuto; cessò di piangere e ricordò che era lei stessa che aspettava il suo aiuto. Si alzò e decise di sposarsi, di avere dei bambini ai quali mettere il nome dei fratelli morti in guerra: dei bambini che diventati grandi andrebbero anch'essi a morire in guerra. Lo sposo però questa volta lo voleva povero, in modo che il tesoro di lei gli sembrasse più grande di quello del Re di Spagna; e voleva conoscerlo bene, prima, questo sposo, e non fare come l'altra volta col principe che non s'erano mai veduti.

Chiamò il Capo delle Guardie.

- Voglio sposarmi; sono stanca di passare le sere solitaria, adesso che si potrà aprire il balcone e comincerà a cantare l'usignuolo. Ma lo voglio povero; che però sia pulito e non dica bestemmie.

- È difficile - disse il Capo delle Guardie, che aveva girato il mondo. Tuttavia quella notte stessa mandò a cercare lo sposo povero, pulito e *bene faveddau*(3). Gira e gira dopo sette settimane gli uomini tornarono. Il Capo delle Guardie entrò dalla principessina. La vetrata era aperta e l'aria odorava di fiori di sambuco.

. - Gira gira, il giovane povero, pulito e gentile nel parlare si è trovato qui sotto il castello in riva al mare: è un pescatore, venuto non si sa di dove; vive in una capanna di giunchi circondata di un roseto, ha una barca con la vela gialla con Cristo dipinto; è bello.

- E va bene - disse la principessina.

- Ma non vuole sposarsi.

La principessina non disse nulla. Pensò che il pescatore povero forse si vergognava a salire da lei e decise di scendere da lui.

Allora si vestì da paesana, con un velo sulla testa: e pensava alla gioia del povero quando avrebbe saputo che doveva sposare una donna ricca. Cammina cammina, aveva i piccoli piedi così abituati ai pavimenti lisci che mise molto tempo per arrivare. Eppure il posto era così vicino che si sentivano le serve cantare pulendo la farina nel castello per fare il pane alle guardie.

La capanna era lì, di giunchi verdi ancora; era lì, come un grande cestino dimenticato in mezzo ai roseti selvatici: e i roseti selvatici erano pieni di bocciuoli che cominciavano ad aprirsi, ma piano piano per non lasciar vedere tutta in una volta la loro bellezza.

Il mare era azzurro, e sulla vela dorata ondeggiante della barca il Cristo dipinto pareva si volgesse benedicendo di qua e di là.

---

³ Gentile nel parlare.

Il pescatore era appena tornato e scaricava un cestino pieno di pesci d'argento. Si volse, sulla riva, e i suoi occhi erano così azzurri che facevano impallidire il cielo e il mare là dietro la sua testa. Vedendo la paesana la salutò e la invitò nella sua capanna.

- Ti aspettavo - le disse.

Lei cominciò a tremare.

- Dunque mi vuoi?

- Sicuro che ti voglio. Adesso che il mare è calmo e il canto dell'usignuolo fra le tamerici sembrerà quello della sirena, sarà triste star solo. Ma tu sei venuta.

Lei non osava guardarlo, tanto le piaceva. Davanti a lui si sentiva umile come una paesana vera. Disse dunque umilmente:

- Dicevano che non volevi sposarti.

- Sì, - disse lui, curvo a raccogliere i pesci che ancor vivi guizzavano fuori dal cestino e si agitavano per terra; - mi avevano proposto una principessa qui vicina, ma quella non la voglio. Io sono un principe, - disse, sollevando il bel viso fra i capelli che gli spiovevano sulle guance come grappoli d'uva matura; - dovevo sposare una principessa che amavo; ma il mio ministro non volle lasciarmela sposare perché alla morte del padre di lei il suo tesoro non risultò grande come si credeva. Allora io per dispetto me ne andai e feci voto di vivere povero e di sposare una donna nata povera.

- Io sono quella principessa che tu dovevi sposare; e ti voglio povero così.

- Ma io non posso sposarti, per quel voto. Mi dispiace.

Lei si alzò e se ne andò: l'orgoglio la faceva camminare in fretta, sebbene i suoi piccoli piedi fossero abituati ai pavimenti lisci. E per vendetta, ordinò al Capo delle Guardie che mai nessuna ragazza nata povera potesse attraversare il bosco e arrivare alle tamerici della spiaggia.

Così si rimise a sedere davanti alla vetrata aperta dell'abside del suo salone e a domandarsi perché viveva.

Tutto il bosco era in fiore e nei roseti le rose aperte si mostravano al sole come l'amante si mostra all'amato, in tutta la loro bellezza. Si udiva il mormorio del mare, e il canto delle serve era languido: poi un bel momento mormorio e canto cessarono.

Tutto sembrava morto, morto d'amore. Il principe povero sedeva presso il mare immobile, davanti alla barca sulla cui vela il Cristo dipinto reclinava la testa, morto anche lui: sedeva, il principe povero, coi gomiti sulle ginocchia e le mani che spremevano i grappoli dei suoi capelli. La ragazza nata povera non passava, ed egli per forza pensava alla principessina, fermo però nel suo voto di non volerla.

E anche lei, lassù, pensava a lui perché era l'unico giovine povero pulito e gentile nel parlare che si trovasse in tanto giro di mondo: ma poiché lui non la voleva ella si domandava perché viveva e rimpiangeva i giorni d'inverno in cui, almeno, la vetrata era chiusa. Adesso la vetrata era aperta e si sentiva cantare l'usignuolo. E il suo canto riempiva la notte di tutte le cose che quei due seduti silenziosi lontani non dicevano.

UN UOMO E UNA DONNA

Si era sparsa la voce, non si sa come, come si spargono tutte le voci, che quella donna vecchia dava denaro ai giovani.

Se ne parlava, quella sera d'autunno, persino nella cantoniera stradale di Santa Marga, distante otto chilometri dal posto ove la donna abitava: è vero, però, che tutte le voci dei dintorni venivano portate alla cantoniera e di là ripartivano, come i topi che viaggiano nei bastimenti, coi carri dei paesani che trasportavano carbone e scorza di lecci al mare, e con la diligenza, e sui cavalli dei semplici viaggiatori.

La moglie del cantoniere teneva laggiù una specie di bettolino: tutti i viandanti vi sostavano, e vi si giocava anche alle carte: e quella sera appunto due uomini giocavano e parlavano di quella donna vecchia che dava denaro ai giovani.

- E se lo dà vuol dire che ne ha. Lo presterà o lo darà per elemosina, - osservò comare Marga (così tutti chiamavano la moglie del cantoniere, sebbene il suo vero nome fosse un altro); - se denari avessi da dare, io li darei ai giovani, non ai vecchi. I vecchi alla concia, se hanno ancora bisogno di aiuto; vuol dire che non sono stati buoni a niente. I giovani, bisogna aiutare.

I due ridevano, mostrando i denti alle loro carte. Questa comare Marga, aggomitolata lì, nell'angolo della porta, con le vesti lacere di lana nera che il tempo e l'unto avevano ridotto quasi al primitivo stato di vello, era davvero ancora così come una pecora innocente: non capiva nulla del mondo e degli uomini.

- Ebbene, comare Marga, e allora voi che siete vecchia aiutate me che sono giovane. Datemi almeno sessanta scudi, che me ne vado in America a far fortuna. Su, movetevi, tirate fuori questi sessanta scudi.

Ma un colpo di ginocchio del compagno, sotto il tavolo, fece sollevare gli occhi al giocatore; e nell'angolo opposto della stanzaccia questi vide, steso su una stuoia di giunchi biancheggiante nell'ombra, vestito con dei vecchi pantaloni turchini e con un berretto a visiera, il figlio di comare Marga e del cantoniere.

Dormiva, il figlio di comare Marga, sebbene fosse appena calata la sera, come del resto dormiva sempre, anche di giorno, quando non era costretto ad aiutare suo padre: dormiva, ma era un ragazzo che neppure nel sonno si lasciava offendere né permetteva si offendesse il più lontano dei suoi parenti.

I due uomini, quindi, finirono la partita continuando a parlare fra di loro, senza più rivolgere maligne allusioni a comare Marga: d'altronde anche lei sonnecchiava e si scosse solo per ricevere i denari che, usciti gli avventori, mise in una pentola sopra la cappa alta del camino.

Allora gli occhi di cristallo nero del figlio brillarono, aprendosi e tosto richiudendosi, giù nell'ombra dell'angolo: ed egli sollevò e subito riabbassò la testa mormorando come in sogno:

- Sarebbe tempo di finire questa storia.

La madre non ci badò tanto, abituata a sentirlo spesso brontolare in sogno; lasciò la porta socchiusa, e andò a coricarsi, nella cameretta attigua, accanto al marito che dormiva anche lui e russava e anche dal modo di russare si sentiva che era buono e stanco.

Il figlio, di là, riaprì gli occhi: mosse le mani e le incrociò sul petto: era solo: vedeva un tizzo che si spegneva nel camino, in mezzo all'ombra della stanza nera, con le brage che cadevano come i petali da un fiore rosso che si sfoglia; e dalla fessura della porta sentiva entrare l'aria della notte, con un odore misto di stalla e di erba fresca, e un ruminare lì accanto di bue e un mormorio lontano di acqua.

Aveva sentito, nel dormiveglia, tutti i discorsi degli uomini, e li ruminava, adesso, fra sé, come il bue l'erba fuori nel buio della tettoia, mentre il sonno lo cullava ancora con quella voce d'acqua lontana nella dolce notte d'autunno. Sentiva ancora la voce dell'uomo più giovane, piana e calda.

«A me lo ha contato lui, quel giovane di Sórgono, che stava là con gli altri muratori a fabbricare la casa. La casa è della donna. La donna è maritata una seconda volta. Il primo marito era ricco e vecchio e lei giovane e povera: questo marito era geloso come un cane, e avaro, e la tenne chiusa a chiave e a patir quasi la fame per venti anni. Morto lui, ella sposò un giovine povero, lei già quasi vecchia, ma questo giovine non le bastò e subito cominciò a prendersi altri amici. Il marito la bastonava e lei, cosa fare? lo cacciò fuori di casa, e come lui continuava a molestarla e la minacciava di morte, lei cambiò paese e se ne venne qui, da noi, aprì una bottega di panni e si fece fabbricare una casa. Dunque, quando si fece fabbricare questa casa andava tutti i giorni a vedere, quest'estate scorsa; e guardava i muri ma guardava anche i muratori, i più giovani, e questi le cadevano uno dopo l'altro davanti, dall'alto dell'impalcatura, come frutti dall'albero! Dicono, i maligni, che la casa le è costata tant'oro. Il bello è che più invecchia più li vuole giovani, malanno al peccato mortale! Adesso abita in questa casa nuova, che ha tutto un balcone di ferro in giro coi pomi dorati, e la sua bottega di panni, che dà sulla piazza, è come quella delle città grandi: fuori c'è scritto il suo nome e cognome, Onofria Dau, in una targa di ferro come quella sopra la croce di Cristo».

D'un tratto si alzò, riaccese il lume e guardò dentro la pentola sopra il camino, chinandola un poco per vederne il fondo e odorando i denari come fossero una vivanda: e le monete di rame parevano davvero fave cotte, con rade lire d'argento bianche come fave fresche.

Stette così un poco, immobile e sospeso, contando con gli occhi i denari; poi parve togliere la pentola dal fuoco, prendendola per le anse, aprì col piede la porta, andò fino al prato e piegandosi sulle ginocchia versò le monete in un fazzoletto che si era tolto di tasca: e avvolse e annodò strette le cocche del fazzoletto. Poi si avviò.

Teneva l'involto fra le mani, duro e pesante come una boccia di ferro. Camminava dritto nello stradone chiaro fra i prati neri, sotto le piccole ruote d'oro del Carro dei Sette Fratelli. Il paese era laggiù: gli pareva di vedere una croce, sull'orizzonte di un nero vaporoso spruzzato di stelle: una croce con sopra la targa scritta: Onofria Dau.

Quel rumore lontano d'acqua, il brucare di qualche cavallo al pascolo, l'odore dell'erba umida della notte lo accompagnavano.

- Se è vero è vero, - pensava; - adesso saranno le otto e mezza, e col mio passo alle dieci son là. Mi prendo venti scudi, ah, non un centesimo di meno, e filo dritto al porto e m'imbarco. Andrò in qualsiasi parte del mondo, in Corsica o in Africa, ma qui non voglio starci più. Il cantoniere non voglio farlo, io; stare tutto il giorno a spandere ghiaia sullo stradone, per il viaggio degli altri, e cambiare i cavalli alla corriera e io sempre lì, sempre lì fermo come un asino intorno alla mola. Ci stia mio padre, finché vuole: io no. E se non mi riesce ritorno e rimetto i denari dentro la pentola. Va in ora buona, Ghisparru Loddo; cammina, cammina.

Camminava, camminava; faceva buoni propositi e si sentiva quasi allegro cambiando da una mano all'altra l'involto come fosse un'arancia. Se la cosa non gli riusciva non avrebbe toccato un soldo; tutte le monete di nuovo nella pentola, al ritorno, fra tre ore: se invece tutto andava bene, appena arrivato al punto ignoto verso il quale era diretto, avrebbe scritto a sua madre, chiedendole scusa e inviandole i primi denari che guadagnava.

In fondo però aveva piena coscienza di quello che voleva fare, e conosceva la ragione che lo spingeva: sapeva benissimo che era un poltrone e che suo padre non sperava nulla da lui: ma tentava di giustificarsi davanti a sé stesso.

- Sei poltrone e appunto per questo devi cambiar vita; andare dove c'è lavoro adatto per te, Ghisparru Loddo. Cammina.

Camminava, camminava: non c'era da sbagliare strada: un passo dietro l'altro verso la meta, come nella vita un passo dietro l'altro verso la morte; e a misura che avanzava distingueva sempre più netta, d'un nero cupo sul nero liquido dell'orizzonte, la linea delle colline rocciose sopra il paese, e credeva di scorgere persino, in fondo allo stradone, la casa della donna col balcone di ferro in giro.

Ma a misura che s'avvicinava sentiva qualche dubbio sulla buona riuscita della sua impresa. Cominciò a pensare alla donna, ch'egli non conosceva, immaginandosela un poco bassotta, robusta, grassa, col gran petto ricadente sul ventre, sopra il laccio del corsetto, con gli occhi neri un po' torvi, e un po' di baffi sopra il grosso labbro sporgente; una donna anziana benestante, insomma, com'egli ne conosceva tante, come ne aveva vedute l'ultima domenica di settembre alla festa di Sant'Elia, donne che amano ancora divertirsi sebbene non lo dimostrino, e che, in fondo, non dispiacciono troppo agli uomini. A lui, almeno, non dispiacevano; o, a dire il vero, non dispiacevano né piacevano, perché tutte le donne, a pensarci bene, fossero belle o brutte, vecchie o giovani, erano uguali per lui.

Entrò nel paese deserto. Un cane abbaiava, nel silenzio profondo; ad una piccola finestra terrena brillava un lume; egli guardò, nel passarvi davanti, e vide una donna malata, su un lettuccio di legno, e una bambina che la vegliava.

Non seppe perché i suoi pensieri cambiarono colore: riprendendo la via si sentì un po' smarrito, come se, dopo quel piccolo chiarore a cui s'era affacciato, le tenebre davanti a lui diventassero più folte.

Invece qualche altra finestra e qualche porta illuminata rischiaravano a tratti la via, giù fin dove si slargava la piazza; tanto che arrivato in fondo distinse chiaramente la casa di Onofria Dau. Era lì, davanti a lui, sullo sfondo delle colline, grigiastra, con la collana dei pomi dorati del suo balcone; era lì, chiusa, silenziosa e ferma come la realtà.

Ed egli si sentì battere con angoscia il cuore. Gli pareva come fosse arrivato alla sorgente di un fiume, contro corrente; e stava fermo e forte anche lui, deciso a vincere, ma la corrente gli si sbatteva contro con furore, e in fondo il cuore gli tremava di paura.

Poi attraversò la piazza e picchiò alla porta di Onofria Dau, sotto l'insegna. Dai discorsi dei viandanti sapeva che la donna, per far meglio il comodo suo, non aveva neppure la serva: fu dunque certo d'intraveder lei nella figura scura che si affacciò al balcone domandandogli chi era e cosa voleva.

- Sono Ghisparru Loddo, il figlio del cantoniere di Santa Marga: aprite, ho bisogno di comprare subito una coperta di lana perché mia madre ha la polmonite.

E gli venne da ridere, per questa improvvisa bugia infantile; ma si rifece serio nel vedere la figura ritirarsi e nel sentire subito dopo dei passi nell'interno della casa.

- Non deve esser vero che sta sola, - pensò; - non aprirebbe così subito la porta. Potrebbero anche ucciderla. Potrei ucciderla e derubarla io, come è stata uccisa e derubata, l'altra notte, la cognata del dottor Lecis.

Di nuovo si sentì battere il cuore, e una matassa di pensieri truci aggrovigliarsi nella sua mente: un lieve sudore gl'inumidì il cavo delle mani. Ma appena la porta s'aprì e nel vano apparve una donna alta e bella con un viso bianco e lucido di Madonna circondato dall'aureola nera della benda, con gli occhi azzurri a mandorla che riflettevano la fiammella del lume ch'ella teneva in mano, egli sentì sfuggirgli d'intorno, con l'ombra, il terrore del male: sentì subito che non avrebbe ucciso, che non si sarebbe venduto.

Non osò neppure chiedere alla donna se era lei Onofria Dau: solo vide che il pavimento dell'ingresso era bianco e lucido come il volto di lei, e sbatté i piedi sulla soglia per non portare dentro neppure la polvere della strada percorsa.

La donna si era scostata, senza parlare; quando fu davanti all'uscio della bottega, ai piedi della scala in fondo al corridoio d'ingresso, porse il lume a Ghisparru.

- Non lo porto dentro perché ci vuol nulla a destare un incendio: fa il piacere di star qui: ti porterò adesso la coperta.

Egli stette lì, col lume in una mano e il suo involto nell'altra; dall'uscio che la donna aveva aperto sentiva venir fuori un odore di tela nuova e di sapone profumato e vedeva lei salire agile sopra una sedia e tirar giù dallo scaffale un pacco turchino; poi la vide ridiscendere, svolgere il pacco sul banco e portar fuori fra le braccia la coperta giallognola listata di rosso.

- Guarda se va bene, questa. Metti il lume sulla scala. E dunque come l'ha presa questa polmonite, tua madre? Eppure il tempo è caldo.

- Eh, così, come i mali si prendono - egli disse serio, guardando la coperta convinto che la madre, a letto malata, aveva bisogno di sudare per scacciar via la polmonite.

La donna lasciava cader giù la coperta spiegandola a braccia aperte per mostrargliela bene; e lo guardava negli occhi per vedere se era contento; ed egli ebbe l'impressione ch'ella gli sorridesse, coi denti bianchi e forti fra le labbra rosse; che lo guardasse e gli sorridesse per piacergli.

- Toccala, pesala, è lana fina. Metti giù quel lume.

Egli mise giù, sul terzo gradino della scala, il lume e l'involto; e prese per un lembo la coperta, la pesò con la mano, infine aiutò a ripiegarla, in silenzio.

L'ombra sua e quella della donna, sulla parete, li imitarono grottescamente.

- Va bene, allora?

- Va bene. Quanto è?

- Sarebbe ventidue lire, ma per te, poiché si tratta di questa occasione, te la dò per venti. Il dottore lo avete chiamato? Te la riavvolgo, adesso.

Le ultime parole venivano di dentro la bottega: ella aveva già rimesso la coperta sul grande foglio turchino sul banco, e rifaceva destramente il pacco. L'uomo riprese il suo involto; nel chinarsi gli sembrò che tutto il sangue gli andasse alla testa; allo stordimento di prima sentì seguire una rabbia cupa; non voleva esser giocato così, lui; non voleva perdere così, idiotamente, i denari guadagnati soldo a soldo da sua madre; aveva promesso a sé stesso di non sciuparli, no, perdio, e non li avrebbe sciupati. Poi si sentì triste: gli parve di essere tradito dalla sorte, dalla donna che non era vecchia e non comprava gli uomini, anzi vendeva loro il suo sorriso, dalla gente che la calunniava: e infine fu spinto dal desiderio di precipitarsi contro di lei, prenderla o almeno percuoterla col suo involto; ma appena fu dentro la bottega vide un uomo, senza dubbio un servo, coricato lungo la parete fra l'uscio e il banco. Subito si ritrasse indietreggiando come un ladro. La rabbia gli sbollì sotto la paura. Avrebbe voluto almeno fuggire, salvare il suo denaro, ma la vergogna a sua volta vinceva la paura. La donna era già di nuovo davanti a lui e gli offriva il pacco turchino.

Allora egli volle difendere almeno quello che poteva difendere di diritto, e anche di più, se poteva.

- Tu me la darai per dodici lire; non vale di più. (Si pentì subito di non aver detto dieci).

Ella lo guardò corrucciata, d'improvviso invecchiata.

- Tu sei pazzo, figlio mio: una coperta che mi costa venti lire dartela per dodici?

Egli la fissava bene in viso, da vicino, separati solo dal muro dei loro involti; sì, era vecchia. E tentò lui, adesso, di sorriderle, di lusingarla con gli occhi; d'un balzo tutti i suoi mali progetti gli tornarono in mente.

- Se puoi, bene, Onofria Dau, se no, pazienza. Mi dispiace che ti ho disturbata a quest'ora... ma mi avevano detto... mi avevano detto...

La fissava nelle pupille, voleva insinuarle la sua idea col suo sguardo. Non aveva più vergogna, né paura dell'uomo là dentro: bastava che Onofria capisse.

Ma Onofria non capiva o non voleva capire. Capiva solamente che doveva vendere la sua coperta e contentarsi di un onesto guadagno: chinò un po' la testa pensierosa, fino ad appoggiare la guancia all'involto, e tentò un ultimo sguardo lusingatore, ma già senza speranza.

- Tu mi darai almeno sedici lire: credi, ci rimetto quattro lire, ma poiché sei venuto a quest'ora, per tua madre malata... prendi, va!

- Non posso - egli disse scostandosi; e gli sembrava di salvarsi, col suo involto; ma lei lo seguiva, col suo pacco, e glielo metteva fra le braccia, per forza.

- Ebbene, prendi, come vuoi tu, poiché è per tua madre malata.

Ed egli ebbe voglia di gridare; non lo fece per paura dell'uomo là dentro. Dopo tutto non li buttava, i denari di sua madre; una coperta di lana è sempre una coperta di lana.

Si piegò dunque sul pavimento bianco come s'era piegato sull'erba nera del prato, snodò il suo involto, scelse le lire di argento: erano proprio dodici. E le porse corrucciato alla donna, nel cavo della mano, senza guardarla; e anche lei mise per terra il suo pacco, per contare il denaro, mentr'egli riannodava il fazzoletto.

LE PRIME PIETRE

L'appuntamento era alle sei precise: eppure quando un poco più tardi l'uomo gobbo fermò il suo carrozzino nuovo davanti all'aia deserta di sua cognata, nella casa in fondo nera sul chiarore dei pioppi battuti dal sole nascente, le persiane malandate erano ancora tutte ermeticamente chiuse. Tuttavia il gobbo non volle scendere: aveva il suo orgoglio, anche lui, e credeva di disprezzare la cognata vedova e bisognosa ma aristocratica, quanto lei disprezzava lui, ricco, ma villano e gobbo.

La porta e le persiane, però, rimanevano chiuse. Probabile che quella gente, là dentro, dormisse ancora. Non era mai stata puntuale, quella gente; dormiva anche se la casa cascava; anzi la casa cascava appunto perché i padroni dormivano.

Bisognò che il gobbo si decidesse a schioccare la frusta, sogghignando, coi piccoli occhi di gatto scintillanti nel viso rosso gonfio; e come nessuno appariva ancora, cominciò ad irritarsi sul serio. Cosa credeva, la cognata, di fargli un favore concedendogli per un giorno la compagnia del figliuolo? Ma lui, benché gobbo e deriso da tutti, non aveva bisogno di compagnia; aveva i suoi fondi, le sue giovenche, le sue bottiglie e i suoi marenghi, per compagnia, che Dio stramaledica tutti gli uomini dritti e le donne aristocratiche: le altre almeno, pure burlandosi di lui, non lo sfuggivano, perché il gobbo porta fortuna: porta fortuna agli altri, si sa. Lui intanto si masticava i baffi per la rabbia, ricordando, in quei pochi momenti di attesa davanti alla vecchia casa signorile, tutte le disgrazie e le umiliazioni della sua vita, dalle frustate che gli dava il fratello studente, da ragazzi, al rifiuto ultimo della cognata di andare ad abitare con lui nella sua casa nuova a tre piani; tutte, dal grido dei monelli dietro le siepi - gobbo gobbino - ai pugni che i suoi amici gli davano scherzando sulle spalle storte dopo aver bevuto e fatto saltare fino al soffitto il suo lambrusco chiassoso.

Ma di tutti voleva liberarsi, di tutti, cominciando da questi parenti straccioni che non lo volevano vivo ma certo speravano in lui morto; e alzò la frusta per spingere il cavallino e andarsene...

Oh, ma ecco la signora cognata che finalmente si degna di apparire nel vano scuro della porta, alta, vestita di nero, con le treccie gialle intorno al viso bianco, rigida come la figura di un quadro: non le manca che la corona per sembrare la figlia di Carlo Magno.

- Ah, - disse con dolcezza lenta, - adesso Stellino viene. Eccolo.

Nascosto dietro di lei apparve Stellino: tale e quale lei, bianco, biondo, altino, vestito bene, con le scarpine gialline, le calze gialline, le ginocchia lucide sotto i bianchi calzoncini tirati su dalle bretelle bianche. All'ombra della pagliettina nuova col nastro di lutto gli occhi erano quelli dello zio, occhi di gatto, ma di gattino allegro pronto alla caccia di tutte le cose, anche d'un soffio d'aria. E se prima stava nascosto, non per la vergogna ma per il piacere, adesso d'un salto fu giù nell'aia e con un altro salto sulla ruota del carrozzino. Vi stette un bel po', con la sola punta d'un piede, le braccia lunghe tese oscillanti come quelle d'una bilancia: e si volgeva a guardare la madre: e la madre, di lassù, pallida, immobile, col cuore che dentro le batteva forte, e lo zio sul carrozzino, pur sogghignando e minacciando con la frusta, pensavano la stessa cosa:

- Ecco Stellino che sarà la nostra vendetta.

- Da bravo, Stellino, adesso va dentro; obbedisci allo zio, su...

- Se no frustate quante ne vuoi.

Il carrozzino s'avviò: pareva andasse da solo perché il cavalluccio, sotto una specie di gabbano grigio umido, non contava niente. Non si sentiva che il sonaglio, eguale, sempre eguale, e la polvere rosea metteva sempre un velo davanti nella strada eguale eguale, sempre eguale, bianca fra due fossi verdi quasi asciutti e due file di siepi e di ontani, e una striscia azzurra sopra. Qualche carrettino passava, con l'uomo ritto dentro; ma Stellino si voltava solo quando i grandi uccelli argentei delle biciclette scintillavano volando tra la polvere: allora si voltava, pensava a sua madre che puliva piano piano il vetro del quadro del babbo, sopra il cassettone, e si metteva a ridere...

Lo zio per un poco aveva taciuto: inghiottiva la saliva e con la saliva le parole acerbe che non era conveniente dire a un innocente.

Tutto però ha un limite, nel mondo, e varcato questo limite non ci sono più, nel mondo, né innocenti né non innocenti.

- Dimmi un poco, Stellino, perché tua madre ti ha messo il vestito nuovo? Credeva che ti conducessi alla fiera? Si va al fondo a lavorare, a diventare bifolchi...

Il ragazzino si guardò le bretelle, la camicetta nuova, si sporse per veder meglio le sue belle calze e le sue belle scarpe gialline.

- Eh, così! - disse sorridendo a tutte queste cose che gli piacevano molto.

- Come, così? Così e così! Così faceva tuo padre; perciò è morto miserabile, lontano dalla patria. E tua madre cosa si crede, la figlia di Carlo Magno? Poteva almeno dirmi di entrare.

- Eh, perché era tardi, e aspettavamo da tanto. Era notte, quasi, quando mi sono alzato. E la mamma diceva: chissà che lo zio Juacchino non cambi parere.

- Io, cambiare parere? - egli gridò mettendosi un dito entro il fazzoletto al collo che lo soffocava. - Perché devo cambiar parere? Quando ho cambiato parere, io? Se dò la parola, la tengo, Dio vi stramaledica... no... (non voleva maledire un innocente) ho detto che ti prendevo, che se fai da bravo ti adottavo, e tengo, tengo, hai capito che tengo la parola?

- Va bene, - disse Stellino con calma, - ma è che la mamma non vuole.

- Cosa non vuole?

Si volse minaccioso. Stellino gli guardava la gobba e stringeva la bocca per non ridere. Eppoi era furbo, Stellino, e ricordava tutte le avvertenze della madre, che le disgrazie le manda Dio e che se uno è gobbo non s'è fatto lui.

- Non vuole che vi diamo fastidio: perché i poveretti danno sempre fastidio.

- Bravo, la sai lunga! Volevi dire invece che non vuole ch'io ti adotti. Si vergogna di me, tua madre?

- Zio, zio! zio caro! - gridò il ragazzo, aggrappandosi a lui e baciandolo forte sul collo.

Questo non glielo aveva consigliato nessuno; gli era venuto in mente così, ricordandosi che ogni volta che adoprava quel metodo con sua madre, anche se lei era arrabbiatissima, facevano subito pace.

- Lasciami, birbante; mi fai male.

- No, no, no e no, se non mi date un bacio anche voi. Così, va bene: un altro... un altro ancora; e datemi anche la frusta...

La frusta gli fu data, e lo seppe a sue spese il cavalluccio, che parve risorgere sotto il suo manto e capì ch'era passato sotto un nuovo padrone.

Il gobbo era diventato un po' bianco in viso: si frugava con due dita il taschino del panciotto e inghiottiva la saliva.

Quando non ne poté più disse:

- Ti voglio dire perché andiamo al fondo delle Tre Case. Ne voglio fabbricare una quarta, di casa, ma bella; le fondamenta sono già fatte e oggi si comincia la fabbrica. Metterai tu le monete in fondo: hai capito? Tu.

- Quante, zio? Tante, vero?

- Perché tante?

- Eh, così!

Ma vedendo che lo zio s'irritava di nuovo per l'«eh, così!» aggiunse:

- Così quando la casa è distrutta e le trovano dicono: il padrone era un uomo ricco, ricco, ricco...

- Speriamo - disse il gobbo, ammansito.

Gli operai aspettavano, fra i mucchi bianchi delle pietre pronte per la fabbrica. Stellino fu di volo sulla cima del mucchio più alto, con le braccia lunghe tese come quelle d'una bilancia. Di lassù vedeva bene tutto: il *fondo* composto di quattro immensi quadrati verdi, intorno ai quali i festoni della vite già carichi di grappoli rosei pesanti parevano pronti a una danza coi peschi e i meli che li sostenevano: le tre casupole nere in fondo, col fumo azzurro che si spandeva basso sul tetto, là dove fra i salici biancheggiava la linea netta dell'argine del Po; e ai suoi piedi le fondamenta simili a due grandi zeta scritte sulla pagina nera della terra scavata. E sulla *cavedagna*(4) erbosa lo zio che si avanza calpestando la sua ombra rotonda, senza testa. Tutto è bello, anche lo zio con la sua ombra senza testa: tanto bello che Stellino per sfogare la sua gioia sente il bisogno prepotente di lanciare pietruzze qua e là, dove capita capita, anche sulla schiena degli operai e sulla gobba dello zio, curvandosi e sollevandosi sempre in equilibrio con un solo piede su una sola pietra che traballa.

- Stellino, scendi: che roba è questa, Dio ti stramaledì...

No, non bisogna maledire un innocente, anche se commette del male: eppoi, non sapeva perché, lo zio gobbo provava gusto a vedere Stellino fare il monello. Gli operai si erano tirati indietro; ed egli ebbe l'impressione

---

4 Sentiero.

che fossero più rispettosi e timidi, quel giorno, solo perché Stellino buttava le pietre.

- Ebbene, scendi! Ecco le monete: se no, le metto io, birbante.

D'un balzo Stellino fu giù, con le mani giunte concave, che richiuse tosto per farvi suonare dentro le monete. E così saltò dentro in una delle zeta, ove già l'operaio aspettava con la paletta, tre mattoni e un mucchio di cemento.

Gli altri si curvavano a guardare dall'orlo delle fondamenta, e di lassù gli occhi verdi del gobbo guardavano luccicando Stellino dritto là dentro come una statuina appena scavata.

- Indietro tutti; fabbrico io - gridava il ragazzino, sempre facendo suonare le monete e guardando con un occhio solo dentro la scatola delle sue manine. Eccole, c'erano tutte, dentro, il centesimino, il soldo, il soldone, il nichelino, la lira, lo scudo. Questo sembrava il padre, la lira la madre e le altre i figliuoli.

- Indietro, tutti, dico; se no non faccio nulla.

Il gobbo tese le braccia davanti ai due operai che si protendevano con lui e li tirò un poco indietro: bisognava obbedire al vero padrone. Anche l'uomo dentro dovette andar fuori: e per qualche momento Stellino curvo dentro la buca sparve, fu come la statuina sepolta. Nel silenzio assolato del campo si udiva il rumore della cazzuola ch'egli batteva sui mattoni: poi come un grido di falco attraversò l'aria, ed egli fu di nuovo su, dall'altra parte della buca, proteso a guardare la sua opera.

Fu una giornata indimenticabile. Lo seppero tutti i grappoli a cui mancarono gli acini più maturi, e le galline che dovettero ritirarsi spaurite sulle loro travi fin dalla mattina, come avvenisse l'eclissi. Il vecchio bifolco che preparava gli gnocchi con l'accuratezza d'una massaia si passò il dorso della mano sulla fronte e disse al gobbo:

- Lo manderai a studiare, quello *sgambirlotto*, di', cosa pensi?

Il gobbo, che aiutava a preparare il sugo, pensava alla sua signora cognata.

- Se la mia signora cognata vuole!...

- Perdiana! Adesso che è vedova e che avete fatto pace, la superbia le sarà passata. Se ti ha concesso il ragazzino oggi, te lo concederà domani: potreste anche vivere assieme, adesso, che hai la casa a tre piani.

Ritornando alla sua casa a tre piani, la sera, il gobbo ripensava a tutte queste cose. Stellino era stanco e gli si appoggiava addosso, tenero e molle. La luna rossa saliva in fondo alla strada eguale, sempre eguale, e tutte le cose nella vita sembravano dritte eguali sempre eguali come quella strada.

Stellino mezzo addormentato sognava acini e acini d'uva, e gli pareva di avere dentro le manine tanti centesimini che crescevano, diventavano soldi, lire, scudi, e scappavano da tutte le parti. D'un tratto si svegliò sbadigliando e rise, un risolino dolce, lontano, di sogno.

- La questione è questa, - disse, - che la mamma non vuole.

Il gobbo gli si chinò sull'orecchio.

- Che cosa?

- Ch'io diventi tuo figlio. Dice che meglio ce ne andiamo lontano e che lei fa la serva; meglio. Tanto i poveri diventano più bravi dei ricchi. Però...

- Però, Stellino, però?... Cosa?

Stellino spalancò gli occhi che brillarono e tosto si spensero.

- Eh, così! Quando lei sarà vecchia ed io sarò lontano, lei verrà a stare con te...

Tornò ad appoggiarsi, anzi mise la testina sulle ginocchia dell'uomo; e questo fece un movimento per scacciarlo, ma poi strinse le ginocchia perché il ragazzino stesse meglio, e si allargò il fazzoletto sul collo perché di nuovo provava un senso di soffocamento; infine si scosse e inghiottì la saliva guardando la luna, che a sua volta dal fondo della strada pareva lo guardasse, gonfia e rossa come lui, sola come lui. Però...

FINE